CAIM

MÁRCIA DENSER

CAIM
sagrados laços frouxos

EDITORA RECORD
RIO DE JANEIRO • SÃO PAULO
2006

CIP-Brasil. Catalogação-na-fonte
Sindicato Nacional dos Editores de Livros, RJ.

Denser, Márcia, 1949-
D461c   Caim: (sagrados laços frouxos): romance /
Márcia Denser. – Rio de Janeiro: Record, 2006.

ISBN 85-01-06955-8

1. Romance brasileiro. I. Título.

                            CDD – 869.93
06-1497   CDU – 821.134.3(81)-3

Copyright © 2006, Márcia Denser

Capa: EG Desing / Evelyn Grumach

Direitos exclusivos desta edição reservados pela
EDITORA RECORD LTDA.
Rua Argentina 171 – Rio de Janeiro, RJ – 20921-380 – Tel.: 2585-2000

Impresso no Brasil

ISBN 85-01-06955-8

PEDIDOS PELO REEMBOLSO POSTAL
Caixa Postal 23.052
Rio de Janeiro, RJ – 20922-970

EDITORA AFILIADA

Dedico este livro à Maria Teresa, minha irmã. Ofereço-lhe aquele núcleo do meu eu que ajudou-me a salvar — aquele centro que não se compraz com palavras, não trafica com sonhos, que não se deixa tocar nem pelo tempo, nem pela fortuna, nem pela adversidade.

E Abel não teve filhos
(John Steinbeck, *A leste do Éden*)

Sumário

Capítulo I 9
Capítulo II 49
Capítulo III 71
Capítulo IV 99
Capítulo V 115

Capítulo I

Por que perseguia Caim? perguntava-se Júlia,
por que perseguia este sonoro nome derrotado?
ouvia-se perguntando como de longe,
abrindo caminho por entre incontáveis barreiras,
avançando em meio a um dédalo de emoções inúteis,
até perguntar-se implacavelmente e por escrito:
Por que perseguia Caim?
arremessando a pergunta contra o papel e cravando-a
em si própria.
Porque não se tratava de perguntar ou responder,
nem remetente nem destinatário,
nem sacrificante nem sacrificado,
mas se tornar ela própria o sacrifício,
a palavra redentora que já não perguntava nem respondia,
que se consumava.
Mas isto não é meu corpo, isto não é meu sangue,
posto que sombra, não tenho posteridade,
o que se multiplica é minha iniqüidade.
O meu nome, a minha assinatura é uma
sentença de morte,
a minha sepultura,
a minha lápide,
a minha cruz.

Por que perseguia Caim? perguntava-se Júlia Hehl diante do computador cuja tela em branco obstinava-se em permanecer em branco, reiterando sua insistência em repetir a pergunta como cachorro que morde o rabo e o mórbido prazer de recebê-la de volta na cara para tornar a arremessá-la nessa tela filha-da-puta que...(você vai continuar?)

Acendeu um cigarro: se pudesse sair, beber um conhaque e o computador que continuasse sozinho, seria perfeito. Mas de insensato tinha apenas o destino, sabia que se saísse o teclado ficaria petrificado diante da tela em branco, ambos com esse ar duplamente imóvel que têm as coisas móveis quando não se movem. Por isso tinha de escrever Um de nós tinha de escrever, se é que isso ia ser contado.

— Por que persegue Caim?

Lembrou os olhos amarelos de Amanda, os olhos predadores de Amanda, de loba, pensa, de cadela que é. Do fundo dos espelhos, os olhos espreitavam-na: é mesmo, Júlia? Desviou o rosto.

— Inútil dar-lhe voz porque não tem nenhuma, diz Júlia observando a irmã. — Inútil seguir-lhe as pegadas, o demônio não deixou pistas. De forma que não preciso procurá-lo fora de mim para contar esta história amarga, aliás, a mesma história. A minha.

— Na qual me incluo, se me permite, diz Amanda alisando a barriga volumosa: — Mesmo porque Abel não teve filhos.

— Eu sei, diz Júlia, abaixando a cabeça, mas continuo viva...

— Você, viva? Os olhos predadores de Amanda.

* * *

(Primeiras anotações lidas para Xavier no bar da alameda Santos em 1984)

Caim

Havia tanta humanidade em mim que aceitei o destino de vagar até o final dos tempos e, mesmo quando eu não for mais, ainda restará o espaço que ocupava na geografia e ele será maldito, o vento que balançar meus cabelos estará condenado em minhas asas, as gerações de todas as coisas que meus dedos tocarem eu contaminarei, as paisagens e as florestas que meus olhos contemplarem murcharão, retornando ao pó, e o pó onde eu me deitar exalará miasmas de flores apodrecidas. Contudo, esta hidra é imortal, morre e renasce sob outros nomes, rostos, disfarces. Nunca terei paz. O meu crime me perseguirá e espalharei apenas dor e sofrimento ao vagar com meus olhos cegos, minha cicatriz. Ah, Amanda, quando recordo nossos jogos edênicos sinto que a vida se tornou demasiado amarga: o sabor dos frutos que cultivei? Vi as estações se sucederem, amadurecerem, apodrecerem a cada ano, petrificar-me numa solidão devassa, estéril, corrompida, com os olhos cada vez mais frios, a cada ano. Como todo aquele que tem na face a marca de Caim, não tenho família nem pátria e sou um estrangeiro ao meu próprio coração.

* * *

— Xavier morreu naquele ano no dia de finados, data que lhe ensejou a derradeira sacaneada, porque um dia os sinos dobrarão também por nós. E morreu parafraseando John Donne, nada mau para uma pancreatite que o consumiu em três meses aos quarenta e cinco anos: irretocável Xavier, diz Júlia.
 — Guardou essas anotações por quê? Razões sentimentais? diz Amanda.
 — Foda-se! diz Júlia, os olhos predadores de Amanda.

* * *

Aí está, pensou, basta chamá-lo, desafiá-lo. Escrever não era só o seu desígnio, era a sua consumação, o naco de dor e sofrimento que aceitara sem temor mas também sem esperança. Diante da folha em branco enfrentava o vazio e, de um modo que era impossível explicar, sentia que isto era Júlia Hehl, nome que não chamou, não escolheu, atingiu-a como uma explosão silenciosa, rosa definitiva, rosa da memória, atravessara vinte anos e chegara intacta, lufada de ar fresco em pleno rosto a esgotar e resumir todo o sucessivo perfume ansioso da adolescência.

Do outro lado da juventude me chamavam Muchinha Hehl, um apelido, meu único apelido, o nome que mereci, inquestionavelmente mais meu do que aquele que, por lei e direito, os abaixo assinados, aos vinte e três dias do mês de maio, no Nono Cartório de Registros e Títulos da Comarca de São Paulo, atestam e dão fé: Hehl.

Gostava da combinação sonora, o deslizar sedoso das vogais, o desenho simétrico, labirinto de sombras, rumores, crepitações onde me perdi, sem cogitar que repisava por sobre o rastro apagado de Caim, a sombra às minhas costas cujo nome já estava escrito no frontispício desse livro antes que quisesse ou pudesse ou tivesse de escrevê-lo, isto que, para mim, era um prazer — embora não fosse absolutamente um prazer — antes um gosto de sal, um desejo de renunciar a toda escrita enquanto escrevo e então sim, que prazer indescritível imaginar que talvez fosse Caim que estivesse querendo escrever-me e não eu a escrevê-lo, assumindo a responsabilidade pelo nome inscrito no frontispício com meu selo pessoal, meu sinal, meu direito de cidadania, e também isto já não teria importância, mesmo porque procurar Caim no fundo do tempo seria sempre escrever sobre mim e é tão triste escrever sobre mim, por isso te persigo, Caim, como uma carta sem selo.

* * *

É preciso reconhecer que tenho uma espécie de gênio para passar o fim de semana, pensou Júlia botando gelo no copo. Mas se tinha de beber, por que não no clube em pleno sábado com 38 graus à sombra? Por que novamente cedia à inércia que opunha uma feroz resistência a contatos sócio-esportivos na exasperante certeza de estar adiando indefinidamente a vida (a vida, assim que escrevo sinto nojo, não é possível que comparar biquínis e trocar impressões sobre a novela das oito seja a vida, porque neste caso alguém deve estar brincando), algo que parece reiterar minha covardia a cada dia não vivido, perdido irreparavelmente.

Imóvel ao pé da escada, cabeça reclinada para trás, Júlia acariciava a bola de vidro cujo brilho fosco no limiar do corrimão duplicava a sala lúgubre que a ironia e o mau humor só podiam classificar de monstruosa natureza morta. E o adjetivo absurda também se ajusta admiravelmente, pensou Júlia observando as cadeiras de estilo vagamente ministerial, pesadas arcas com aquele ar atravancado de vacas adormecidas, reposteiros, painéis, almofadas, canapés, estofados castanhos e ameaçadores, mesinhas chippendale, abajures, pedestais de bronze, espelhos, espelhos, espelhos, umas cortinas cor de coágulo que zoneavam a sala em raios inflamados reproduzindo essa atmosfera asfixiante de túmulo faraônico.

A casa inteira parecia ter sido decorada por um velho facínora com os restos do saque de navios naufragados nas costas de Chipre, prostíbulos de New Orleans e pensões de Brighton. Júlia sorriu ao decorador ausente: nunca te chamei de velho facínora, papai. Não faria sentido, o velho era honesto feito uma mula: até a tua honestidade era um defeito, papai. Mas, de certo modo, a monstruosa natureza morta continha a tua presença e a de Vivien e de Amanda, parecendo reter nossa essência remota, constituindo uma espécie de síntese, apogeu e decadência, os escombros duma família diaspórica: a tua herança, Júlia: mas não meu patrimônio, pensa.

Separados, Álvaro e Vivien há muito haviam deixado o velho sobrado, Amanda se casara e Júlia, embora tivesse ansiado viver sozinha todos os dias da sua vida, quando finalmente teria podido libertar-se, Júlia cá estava, vagando por entre escombros, como se algo resistisse na treva, algo que duvidava, algo que persistia sussurrando o que Júlia não queria ouvir porque se iludia acreditando que se eles tivessem tido uma chance teria sido possível, que todos aqueles anos que viveu, que vivemos, porque então era o plural daquilo que podíamos chamar uma família, até que começou a se esmigalhar miudamente, inevitavelmente caranchado por dentro o edifício do tempo começou a ruir, os pilares do altar onde eles juraram atar sagrados laços eternos que se afrouxaram naquele sobrado da Aclimação, assombrado agora por outras vozes, outros pavimentos (may I, Truman Capote?), na mão que já não se completa em carícia, no abraço que se esquece pendente do corpo, no passo que se afasta e se aproxima, que se afasta e se reaproxima, que se afasta e desce as escadas e sai batendo a porta deixando um soluço enrodilhado no patamar, o tango em diagonal, um gato de porcelana, Aníbal Troillo amordaçado ao verde que te quis Corrientes e o telefone tocando, ainda e inutilmente num sobrado da Aclimação, como se todos estivessem mortos.

Júlia atendeu no quarto toque: Amanda, a voz ansiosa de Amanda do outro lado do fio. Há quanto tempo não se falavam? Há quanto tempo se evitavam? Pensa: meses. O bebê, Júlia, pode vir?/.../ amanhã à tarde, Borelli antecip/.../ não, ninguém, Vivien, tia Jane e aquela idiota/.../ você sabe *quem*/.../ claro/ .../ frango na geladeira e dois litros de uísque legítimamente falsificado, reserva especial com estricnina/ .../ mórbida, eu?/.../ Borelli: *repouso, vallium e chá de tília, minha filha*, ele consegue ser imbecil até de costas/.../ uns discos e aquele teu roupão de banho/.../ na quarta dose/.../ é, o calmo desespero/.../ rápido, Hehl.

Júlia manteve o fone em suspenso por segundos até que a sirene da linha aberta cortasse o fio que o amarrava ao tempo, desobstruísse a canalização subterrânea, reabrindo antigas feridas que sangrariam pelos esgotos da memória e deságuam num mar interior que o coração desconhece.

* * *

Todo telefone espera, escorpião gigante, quem corte o fio que o amarra ao tempo, onde tinha lido isto, porra? pensava Júlia entrando no chuveiro: não se iluda, idiota, no fundo não passa de um duplo equívoco, porque há a inércia, o fato de ser a única imbecil metida em casa num sábado, 38 graus *fifity to fifity* (e por que não estaria? como se ela e Amanda desconhecessem os respectivos atos falhos), mas velar Amanda ironicamente transformava-a numa espécie de arcanjo de plantão, donde sua repentina condição angélica, porquanto não fosse verdadeira, também não seria falsa (num duplo equívoco os elementos se anulam, *dear me*), sem contar o contorcionismo mental, arte tão sub-reptícia quanto marcial da qual possuía várias medalhas olímpicas e é preciso *chegar lá*, tornar-se um veterano no manejo de todo o estoque de truques sujos para entrar em campo, dar meia-volta na verdade, baixar-lhe o moral e à categoria de meia-verdade, fazê-la recuar pouco a pouco, encurralando a omissão contra as cordas, até que a mentira beije a lona, *glory hallelujah*! Para quem aprecia o sabor do próprio rabo, não, obrigado, shampoo no olho definitivamente não. Fechou a torneira.

Tateando sandálias e pijamas no armário, os olhos de Júlia percorriam as fotos coladas na parede oposta, buscando a imagem prevista pela memória e lá estava: instantâneo de Amanda no dia do casamento, o vestido branco pregueando-se pelos movimentos do corpo, a trança contornando seus traços clássicos, a face duma hesitante deusa grega. Franziu a testa: Afrodite? Palas-Atena? Ártemis? Não, Amanda, Afrodite jamais, embora você queira acreditar que sim (e não vou te contradizer, porque no fundo nós duas sabemos que não, mas eu não seria tão estúpida a ponto de te negar na cara uma ilusão, tampouco confirmá-la abertamente [olha a saia-justa] porque aí já não seria estupidez [uma vez que no fundo sabemos que não], aí seria traição).

Porque te falta a alma de puta, Amanda, a essência da deusa do amor é traiçoeira, mimada, indolente (e agora você diria que estou descrevendo a mim e por que não? uma vez que no fundo ambas sabemos que sim), de modo que Afrodite definitivamente não. Ártemis, Palas-Atena, mas é inútil tentar qualquer comparação com vestais tão frias e cerebrais. Só restou uma (sim, Amanda, aquela que você odeia) Juno, quem mais? A terrível, ciumenta, vingativa megera de Zeus. Não. Mulher de Zeus. Sim, Amanda, Juno, você a odeia porque foi naquele dia — naquele brevíssimo instante aprisionado no recorte 12 X 8 duma fotografia — que, cedendo ao demônio da fatalidade, você perdeu sua condição divina. Foi lá: a sandália hesitante no ar, a levíssima oscilação da objetiva registrando seu equilíbrio precário, o recuo antes do salto, o passo em falso (aliás, não foi outra queda que determinou nossa condição humana?); no rosto, a tensão por baixo da máscara de cordialidade postiça, represando o pânico, a dor, o pranto, pressagiando-os, *sabendo-os* inevitáveis, mas não antes, não naquele momento; o pânico, a dor, o pranto que você reprimiria durante sete anos quando então o movimento precipitou-se na queda dolorosa que essa foto previa, na queda congelada por essa foto, na queda reiterada estaticamente que essa foto condenou à eternidade.

Júlia contraiu os olhos: por isso se afastou, Amanda? Os dedos lutando com zíperes e botões: eu, Álvaro e Vivien podíamos não ser grande coisa, as ruínas de uma família, mas era a única que você tinha, que ainda tem, Amanda, afivelando a maleta, mas esquecera o roupão de banho, apalpando às cegas: afastou-se para fugir do fracasso ou para enterrar suas sementes? Pensou então que escaparia? Se as carregou consigo, fugir para onde, Amanda? Não sabia que nos enterrando, enterrava a si própria? Por isso só conseguia ver aquela criança como o filho de Amanda, o filho de sua mãe, antes de tudo, antes até de ser ele mesmo: como se o herdeiro de uma família em dissolução nada tivesse por herança.

Saiu, desceu com o elevador até o subsolo, cruzou a garagem deslizando na fresca penumbra por entre silenciosos peixes metálicos, entrou no automóvel, ligou o motor, acendeu um cigarro, pensou *mas o inconsciente não se engana, nós é que nos enganamos*, ouviu-se pensando com pena, com uma pena infinita de si própria.

Então soube que já amava aquela criança.

Então soube que sempre a amaria sem direito.

* * *

Esta noite velarei por você, Amanda, pensava Júlia atravessando a cidade: acaso não sou teu cão mais fiel, o guarda do meu irmão, o guardião do meu inferno pessoal, o Cérbero da minha culpa? Atravessando o domingo, os últimos raios do verão, os prédios incendiados, aquela espécie de sub-horizonte de antenas e postes e fios, os idos de março.

Fugindo da luz ofuscante, Júlia enveredava por transversais, enredando-se num labirinto de becos e ruelas em busca de sombra, multiplicando tempo e distância, desviando-se do trajeto, mas a cada desvão por entre os edifícios o disco vermelho do sol tornava a capturá-la, golpeá-la impiedosamente.

Pensou: não é a estrela-de-davi, porque não me guia, é o olho de Deus, porque me vigia. Para que não se extraviasse, não vagasse: ao menos uma vez, Júlia. Realmente é inútil tentar escapar a esta estrela de quinta grandeza, ó luz da má consciência, porque vagar também se esgota, uma hora até o errante terá de ajustar as contas, quase dava razão a Sartre ao dizer que somos muito mais a soma dos atos alheios que dos próprios (ah, aquele estrabismo divergente, mais trinta graus e o Janus Bifronte teria ido para o brejo, estrupício mitológico), como sempre acontece à fantasia quando tenta superar a realidade. De maneira que não havia nada a fazer senão render-se, retomar o trajeto, deixar-se olhar pelo Olho Inquisidor: dar-Lhe de frente todo o mapa da cara para que a aprenda de cor.

* * *

Amanda abriu a porta: redonda, maciça, o vestido leve cobrindo os tornozelos. Lá estavam os olhos amarelos, nem frios nem cruéis apenas indiferentes. A gordura acumulada na gravidez havia soterrado os últimos vestígios de inocência, fazendo emergir uma mulher madura como se através das formas, não o corpo, mas a alma tivesse saltado dez anos à frente, impondo um sólido autodomínio sobre seu potencial de dissimulação e crueldade (um composto altamente sinistro, o mesmo que botar Madame Bovary e um orangotango num quarto de hotel, trancar e jogar a chave fora), mas não era o caso, mesmo porque Júlia podia ler em seus olhos que aprendera a esconder as garras.

— Como está vermelha, já se olhou no espelho? diz Amanda dando o rosto a beijar.

— Ainda não. Tanto a cópula quanto os espelhos são abomináveis porque multiplicam o número dos homens: olá, Amanda, não leu Borges?

— Vou buscar mais gelo — diz Amanda atravessando a sala, recolhendo copos, a expressão imperturbável. Mas suava nas palmas das mãos: aí estava, a produção de adrenalina você não pode controlar, minha cara, afinal, o ódio tem de sair por algum lugar. Pensa: leitura humana, também tinha sua especialidade, algo que, até bem pouco tempo, não se dava conta, sempre meio idiota. Pensa: antes sofria menos, Júlia?

Será uma longa noite, Júlia bocejou mortalmente entediada, esquadrinhando as estantes, quando o porta-retratos deslocou-se empoeirado por entre os livros: a memorável fotografia de seu pai, de Álvaro posando oficialmente aos dezoito anos para a posteridade. Sim, era ele, tão essencialmente ele que nada tinha a ver com ele. Na década de 1940 fazia furor entre os rapazes a clássica pose à la Gardel, cachimbo na mão, terno risca de giz, gravata branca/camisa preta dos gângsteres de Chicago, chapéu em diagonal e a inconcebível inclinação da cabeça (podia ter torcido o pescoço, velho); a expressão vacilante, indecisa, malgrado ou a negar os traços nobres. Sem dúvida, um ilustre desconhecido para si próprio. Não percebia, não se dava conta das arqueadas sobrancelhas negras? Não. Dos verdes olhos mareados? Não. Não achava ridícula aquela pinta no canto do olho acentuada a lápis? Não. Nem contornar os lábios com batom? Não. Era assim, usava assim, diziam as tias, os tios, Vivien, ele próprio. Não. Você nunca foi veado, papai, talvez inocente demais, vaidoso demais, sensível demais, além de assíduo freqüentador de penteadeiras e do leito conjugal, na insensata esperança que lhe retificassem a imagem, de resto, uma bela figura de homem que não teria necessitado de retificação alguma, não fosse o fato dum detalhe irrisório ser o bastante para destruí-lo: tolo demais, papai.

Porque não era nem detalhe nem irrisório: aquele beiço caído era uma espécie de marca registrada da família, o sinete do clã, por isso não imprecava contra ele, não o maldizia, apenas fingia ignorá-lo: mas por isso se fodeu, papai. Porque assim transformou-o num apêndice autônomo, indiferente ao seu comando, à sua vontade, posto que continuou a exprimir as emoções daquele que o rejeitou como parte do rosto, da alma.

O beiço caído era o legado do pai, o legado do avô e do bisavô, a imperfeição que só se reconheceria imperfeita a quem aceitasse enfrentá-la, descesse aos infernos e enfrentasse o delírio da sombra ignorada, a quem a subjugasse e triunfante retornasse do limbo, a quem aceitasse morrer duas vezes para que pudesse ser retificado e iluminado, resgatando o devido àquela força que "sempre quer o mal e só cria o bem" (Onde leu isso? Em Goethe? Mas você não lê Goethe, está citando de segunda mão...), porque este renasceria registrado no Livro do Senhor com seu próprio selo pessoal e intransferível, o sinete que imprimiria a palavra PAGO em letras de fogo, este seria o relator do próprio destino pelo qual doravante seria responsável, criador, criatura e testemunha do ocorrido, porquanto no Livro do Senhor o tempo recomeçaria a ser contado a partir da data do resgate da última letra da imperfeição. Porque Álvaro lutou. O único da irmandade, o único entre um bando de cegos e covardes que ao menos tentou desesperadamente, lutando sem armas, abater a força irreconciliável. Porque a reconhecia, a pressentia aterradora, vertiginosa como o mar, mesmo assim lutou, obstinado, louco e foi tragado. Ela não o esmagou, não o maltratou, apenas o envolveu lenta e inexorável e sepultou-o, devolvendo-o ao esquecimento.

Nele, o beiço caído parecia exprimir apenas sua repulsa, como o esgar de alguém prestes a vomitar a própria boca, expulsar a palavra, o poder do nome que legou a mim, a filha, a mais velha e despojada de primogenitura, eu, o aleijão da sua sombra deformada. Da raça daqueles que renunciam ao amor.

— Do que está rindo? diz Amanda.

— De mim, diz Júlia, pousando o porta-retrato. — Uma hora atrás, estava em pleno transe xamânico, perseguindo beethovenianamente mitos gregos e então você telefona e, caput, cá estou, feliz como um gatinho diante do pires de leite. É ridículo.

— O que é ridículo? Sentir-se humana? Amanda reclinou-se no sofá, fixando a outra, o corpo maciço.

— Estranho, escrevi algo assim, Júlia franziu a testa.

— É só falar em sentimentos e você desconversa, diz Amanda.

— Olha, não quero brigar, não agora, nem nas próximas horas, acende outro cigarro, bebe, cruza as pernas Júlia.

— Continua perseguindo Caim? Os frios olhos amarelos de Amanda avançaram mais: — Perseguiu-o esta tarde? Os olhos provocadores.

— Ó luz da má consciência! exclamou Júlia. Amanda acabou rindo. — Sim, mil vezes, no céu, na terra, em toda parte e o tempo todo. De deixar qualquer um maluco, diz Júlia.

— Demônio esperto, diz Amanda.

— Sem contar a genealogia, quer dizer, a *nossa*. Mas não vou julgá-los. Imagine. Seria muito engraçado. Logo eu, a última flor do mal, pelo menos uma delas. Escute só: *eis-me aqui, diante dos palácios da memória, perante os tesouros de incontáveis imagens emanadas por percepções de toda espécie, Santo Agostinho*, Júlia avaliou a irmã: — Mas em-vista-das-circunstâncias, melhor adiar o inventário. Não vamos perturbar a puérpera, como diria Borelli.

— E desde quando você teve escrúpulos? diz Amanda.

— Tem razão, Júlia sorri: lembra-se do velho Maximilian?

Maximilian

Maximilian Hehl tinha vinte e dois anos quando deixou Berlim por volta de 1855 zarpando pela cidade livre de Dantzig. Jovem, louro e solitário, uma capa cinza de oleado sobre os ombros, as veias azuis inchadas sob a fina pele branca dos punhos agarrados às cordas do velame do cargueiro em cujo porão depositara os dois caixotes que eram tudo o que possuía aquele rapaz que não precisava de coisa alguma além da sua, a sua alma furiosa.

Porque a solidão não era o bastante, nem o desamparo, a juventude, a indiferença pela paisagem que engolia, a infinita trilha das águas das quais precisava estar à frente, ele nada via, apenas engolia com feroz urgência obstinada, tão alheio à aventura da viagem quanto ao seu destino, indiferente ao cotidiano fastidioso das famílias amontoadas no convés, devorando presente, passado, futuro (o que o inviabilizava como imigrante), mas ainda não era o bastante, por isso a cidade livre de Dantzig entrava na seqüência como o desfecho natural da seqüência abominável, o derradeiro insulto.

Por que o moço Maximilian não partiu de Hamburgo, mais próxima a Berlim e a porta aberta, a que restara aos que fugiam da Alemanha naqueles dias sombrios? Silencioso, obstinado, escolheu o caminho mais longo, o mais improvável. Desafiou o destino e não foi detido: a sinistra marca em seu rosto parecia protegê-lo, como a aura de um leproso ou de um louco a quem se franqueiam as fronteiras do mundo sem que lhes peçam sequer o passaporte, nada que os retenha diante dos nossos olhos, nada para impedi-los de estar em movimento, sempre para frente, para adiante, para bem longe, desde que não voltem.

Atravessou as geladas águas do Báltico, contornando a costa dinamarquesa até alcançar o Atlântico, rumo à Espanha e a Portugal, à ponta extrema de portos estranhos que para ele já não pertenciam ao mundo. Desceu bordejando a escaldante costa sulamericana, sem nunca descer em terra, indiferente aos rumores da tripulação, aos murmúrios das matas para além da arrebentação: contava inversamente os trópicos.

Mansamente, foram retornando as aragens temperadas, restituindo ao clima as necessárias condições atmosféricas para que um homem pudesse viver e trabalhar com alguma dignidade. Finalmente, o cargueiro lançou âncora em Santos e ele desceu com a capa, os dois caixotes já meio corroídos pela maresia, inchados de livros e ferramentas, aos quais ele restituiria as condições de uso. Despontava o ano de 1856 e ele julgou ser primavera mas lhe disseram "outono" e ele agradeceu, fixando aturdido o verde mar sem ameaças, sem esperanças.

Pensou: aqui, não só a paisagem, o tempo também se inverte, mas aqui também sou intruso, sorriu sem amargura, enrolando o cigarro: onde o cais do mundo? O direito de cidadania? E pensou: case-se com uma mulher da terra. A terra prometida é o corpo da mulher amada. Mas quando atirou o cigarro na água já não sorria: sim, aquela fora uma bela frase. A razão decidira-o, mas algo ressocado em seu espírito, algo como o centro gelado de uma guerra sem armistício sabia que não, que para ele não, para ele nunca.

E nesse estado de calamitoso orgulho ele galgou a serra num dos trens da estrada de ferro inglesa e entrou na cidade de São Paulo. Cinco anos depois, já casado com Ana Duarte de Sá, cujo dote incluía a chácara em Santo Amaro, o antigo Bairro Alemão, instalou na face leste o galpão onde exerceu o ofício de ferreiro e onde, segundo a lenda, teria projetado as primeiras máquinas de lavar patenteadas no Brasil.

Victor, meu avô, foi o último dos filhos gerados pelo turvo Maxilimian que, aqui, desaparece da crônica familiar e do mundo, mesmo porque não há vestígios de sua morte — nenhuma lápide, nenhuma cruz —, embora da sua vida persista o registro no Departamento de Patrimônio Histórico do Município de São Paulo, datado de 24 de agosto de 1861, consignando a Maximilian Hehl o assentamento duma banca de ferreiro na Rua de Santo Amaro.

Ou seja, uma data, uma profissão e um ponto na geografia sempre silenciados a pretexto de ocultar certa noite durante a Segunda Guerra quando a turba enfurecida incendiou o galpão, ou o que restara da antiga oficina do velho Max. Porque pouco restara à turba. Décadas de abandono haviam sido suficientes para reduzi-la a uma carcaça em ruínas, mas não o bastante para silenciar o murmúrio intermitente que ressoava por entre os escombros, insinuando-se por entre fendas e rachaduras, atravessando o arcabouço ruinoso e inexaurível da memória de uma outra noite — da verdadeira noite silenciada e interdita — quando Ana Duarte de Sá, após sepultar publicamente no jazigo do clã o corpo do marido, ali, oculta e sigilosa, enterrou sua alma.

Com a ajuda da criada negra, Ana Duarte tornou a encher com livros e ferramentas os dois caixotes vindos no cargueiro, além dos pertences acumulados ao longo dos anos: o relógio de ouro, velhos mapas, maços de cartas, dois pares de botinas, o avental de couro, os pergaminhos do testamento, e era tão pouco, quase não alterava o conteúdo original dos dois caixotes que ela cobriu com a capa cinza de oleado vinda de Dantzig e era tudo, toda a bagagem de um homem que não precisaria de mais nada além da sua, da sua alma furiosa na derradeira viagem.

Talvez, naquele instante, Ana tenha pressentido o fracasso da empresa de extermínio da alma daquele homem, daí o suor gelado na fronte, a vertigem que a obrigou a apoiar-se na negra, rezando entre dentes, o úmido crucifixo roçando-lhe o colo febril, não obstante ela e a escrava tivessem cruzado o terreiro e entrado no galpão sem serem vistas. Lá dentro, na escuridão úmida, Ana apontou a pá e, empunhando outra, não precisou dizer "cave" para a negra. Amanhecia quando passaram as correntes selando a porta do galpão, jogando depois as chaves na latrina. Silenciosas, desapareceram dentro da casa.

Pode ser que tenha sido a negra ou os filhos da negra ou a própria Ana, o fato é que até os colonos da chácara e toda gente da redondeza na missa de sétimo dia do velho Max já murmurava mesmo dentro da igreja, mesmo ali ao pé da viúva e dos filhos, porque então agora ninguém mais ousava aproximar-se do galpão; vigiavam-no de longe, persignavam-se, diziam que era o blasfemo, o maldito, o diabo do norte voltou para assombrá-lo, jurando que à noite o galpão inflamava-se, o clarão avermelhado expelia fagulhas por entre as tábuas e lá estava a negra sombra infatigável no centro da fornalha, o troar metálico da bigorna sobrepujando os sinos da igreja.

Diziam que era o demônio, desafiava o Senhor, continuava desafiando-O mesmo do Inferno, o maldito que ousou cobiçar a própria irmã, diziam, por isso o fogo o consumiu, a turba testemunhou a justiça do Deus vivo a ser exercida perante justos e injustos e todos os que o viram arder nas chamas das suas abominações e iniqüidades, o demônio cumprindo assim o desígnio do Credor de quem Ana Duarte de Sá fora o instrumento na empresa de extermínio da memória de Maximilian Hehl da face da terra sem deixar vestígios, nenhum papel ou lápide ou cruz, e Ana Duarte, tendo cumprido a missão que o Senhor lhe delegara, entrou em Sua Glória seis meses depois, com tempo bastante para encomendar e mandar erigir a lápide única na qual fez inscrever, com a lucidez do delírio:

> Ana Carolina Duarte de Sá
> Nascida a 2 de novembro de 1845
> Descansa em paz em 13 de maio de 1916
> Vigiai e Orai pois não sabeis quando o Senhor virá

Qual espada chamejante sobre todas as cabeças, assim contou-me a avó Teresa, mas eu sequer a ouvia, talvez porque já soubesse de tudo isso, já o ouvira, já o absorvera, como se tivesse nascido com esse conhecimento do passado, assim, o que a avó me contava nada mais fazia do que tocar, palavra por palavra, a caixa de ressonância das cordas da memória, porque a avó também podia vê-los, os filhos de Maximilian, os herdeiros da sua orfandade, os meninos custodiados pelos tios, irmãos de Ana Duarte, tutores dos seus filhos, das terras, da chácara, sem esquecer o galpão incendiado: oito crianças vagando numa atmosfera moralmente envenenada entre a sombra interdita do Pai e o culto opressivo da Virago, aterrorizados pelos tutores que os vigiavam como cães, mas aqueles já roendo as cordas do redil invisível da lei, urdindo outra trama tecida pela própria lei a fim de cair sobre eles e espoliá-los legalmente.

Sim, só um louco ficaria sentado sobre o próprio rabo à espera do dia em que o primeiro fedelho entrasse pela porta para expulsá-lo da casa, das terras, da chácara, sem esquecer o galpão incendiado, apenas porque aprendera a garatujar a própria assinatura num maldito papel afiançado por um rábula que deitaria as mãos sujas à metade como precondição que naturalmente o fedelho aceitaria; entre o Nada e a Metade de Tudo (ou o que o fedelho julgava Tudo) sempre haveria o Tudo Indivisível.

De forma que quando o primeiro fedelho materializou-se efetivamente à soleira do tio Custodiador, como uma espécie de fatalidade estúpida, porque este, o tio, e todos os demais esperavam-no há tanto tempo que não só demorou para distinguirem que o que tinha entre os dedos era um ramalhete de violetas, e não o papel do rábula, e outro tanto para compreenderem o significado do úmido ramalhete de florinhas roxas, e o que estaria o fedelho a grasnar com voz de pato, depositando-os — a voz, o ramalhete, a dolorosa virgindade — aos pés da filha mais velha do tio Custodiador.

Mal puderam refazer-se e já vinha o segundo, o terceiro, o quarto ramalhete da rendição incondicional às primas, suas filhas, os óbolos propiciatórios sacrificados ao têmeno de Geia, portal da vida e da morte destinado a abrir-lhes o Paraíso. Então exultaram porque a disputa se consumara em arranjo, uma grinalda magnífica enfeixando os moços Hehl e as Duarte de Sá, entretecendo indelevelmente sangue e terras.

E a avó dissera que os tios haviam sido ainda mais insensatos do que o Demônio, posto que o que Este realmente trouxera no cargueiro fora a tara de sangue, encarnada na paixão pela própria irmã, como se a tivessem enfiado à própria revelia nos dois caixotes, imaginando tolamente o Demônio que a qualidade do sangue se alterasse mediante a mudança das condições climáticas, como se apenas sua deslocação para uma latitude abaixo do Equador pudesse iludir a desgraça, enquanto os Custodiadores tiveram-na bem sob os narizes, ao alcance dos olhos, ao alcance, digamos, do bom senso, e ainda assim não a reconheceram (não quiseram reconhecê-la) não a viram, não a ouviram, ofuscados pela própria rapacidade e a despeito da tara de família haver renascido, a cobiça desta feita recaindo não mais nas irmãs, que tais não existiam, mas nas primas-irmãs (O que dá mais ou menos na mesma, diz Júlia, a questão não era apenas moral, mas genética. Os filhos não vingavam porque nasciam defeituosos, é isso.).

Porque os Custodiadores eram homens sem fé, sem ideais, possuídos por todos os baixos apetites humanos, como aquele para a vingança que chamamos ira, para acumular dinheiro sem limite que chamamos ganância, para triunfar a qualquer preço que chamamos obstinação, para gabar-se que é a chamada jactância, para o desejo da carne que denominamos luxúria, e as filhas também herdaram todos eles, salvo a última.

Fora-lhes interdita na condição de sobrinhas da Virago. De forma que estas saíram piores do que os pais, e uma vez que também não tinham coração para dar um paradeiro ou direção às ações ou detê-las após a geração do primeiro da série de aleijões com olhos de coelho nos quais reincidiam, parindo indiferentes como rãs. Que ao menos tivessem gerado bastardos sãos, nem que fosse pelo prazer ou pelo triunfo de enfim gerarem um herdeiro, que os palermas dos maridos nem teriam notado, fosse negra ou amarela ou vermelha a cor do pirralho.

Porque os moços Hehl eram apenas os filhos da sua Orfandade e do Desamparo, os deserdados da carne e do sangue, os filhos do Esquecimento — que da Mãe não podiam livrar-se e do Pai não podiam lembrar-se, posto que era a memória da interdição, de forma que só lhes restou a desgraça, a tara de sangue, isto que chamamos desígnio do Senhor, maldita Virago, a louca insensata que castrou os filhos desde o ventre, entregando-os à sanha duma paixão irracional, que arrefece o sangue e tudo sacrifica pelo brevíssimo instante no Inferno Celestial cujo tempo é Hoje, impelidos pela nostalgia imensa e acossados, já prestes a sucumbir de angústia mortal. Porque essa paixão acarreta destinos e cria situações irrevogáveis, impele a roda do tempo para a frente e imprime na memória um passado irreparável.

Só Victor escapou, disse Teresa, não como se falasse do seu marido, do meu avô, do pai de seus filhos, mas do filho predileto, do filho de sua mãe, do infante de morte prematura, do visgo preso à árvore. Infelizmente, suspirou Teresa, Victor morreu cedo demais ou foi ceifado chegada a altura. Mas não tão cedo que não pudesse dar-lhe seis filhos e, ainda assim, tarde demais para resgatá-los do legado do avô, as terras perdidas há anos, pela simples razão de que há anos já não havia ninguém para herdá-las.

Consumiu-se assim o sangue impuro, como água estagnada, a degeneração da carne ultrajada e incestuosa na posse da terra amaldiçoada, povoada pelos aleijões de olhos vermelhos que irrompiam como meteoros: inflamavam-se, extinguiam-se, eram jogados fora. A eles a gente da vizinhança se referia como "os filhos do Hehl" ou apenas "os Hehl" simplesmente, como se diz "os filhos do Demônio", ou diziam por dizer, por força do hábito, sem referir-se a ninguém em particular, em todo caso a ninguém cujo nome de batismo o próprio Deus não tivesse apagado.

Porque a princípio foram os Duarte de Sá, os que ficaram com a chácara e as terras, depois os Borba, os Paranhos da Rocha, até os obscuros filhos do dr. Zemmel em vão tentaram impor-se. Sobrenomes que se sucediam e se perdiam, vencidos pelas inalienáveis leis da terra, de modo que o Hehl, o sonoro nome derrotado, ao fim e ao cabo, o único advindo pela linha paterna, prevalecia — misteriosa estrela irretocável — selando nascimentos e mortes. Ao cabo de quatro gerações, ele é todo o nosso sobrenome. Ninguém parece lembrar nossos nomes de batismo. Tempo virá em que também este será excluído.

— Aposto que foi vovó Teresa que te contou essa história, é bem o estilo dela, diz Amanda.

— Quer dizer que além de boche o velho Max era filho do demônio? Seu próprio pai? Você é um palerma, Victor! gritou Teresa.

— Desde a Primeira Guerra Mundial, boche e demônio eram sinônimos, diz Júlia, mas não era esse o problema. Teria sido muito simples.

— Quer dizer que acreditou na maldita beata? E o que ganhou com isso? Um sobrenome que usa para dizer que tem algum, que ninguém sabe o que significa? Quatro letras ocas? Em nome do quê, Victor? gritou Teresa.

— O nome do pai, diz Júlia, e uma vez que o sobrenome pela linha paterna prevalece, Ana Duarte, a maldita beata, ao enterrar a memória do velho Max, nos deixou sem nada. Teresa tinha razão, não foi invenção. Também acha que inventou o vácuo de raízes, inventou o nada, Amanda?

— Teresa sempre foi meio ficcionista. Como você — diz Amanda.

— Pior que ficção, Amanda, literatura — diz Júlia.

Caim

Se o vácuo de raízes foi tudo o que Maximilian Hehl legou, então ele legou tudo sem nada deixar além do principal — o nome do pai. Uma palavra com quatro letras como princípio e fim do alfabeto: Hehl. Ah, suave e ilegítima rosa inviolada, zunido de fecho éclair besuntado de mel, flecha invertida cravada em meu peito, teu rumo é para trás, para baixo e para dentro, atingir a origem é caminhar em sentido inverso, dilacerar-se, repisar por sobre pegadas extintas há milênios. Ninguém te seguirá, ninguém te guiará, rosa petrificada da eternidade, rosa do esquecimento, terás de rastrear-me até a fímbria da memória, divindade inapreensível cujas leis impõem raciocinar caçadoramente e com as mãos limpas: tu e tua solidão, tu e tua sombra, tu e teu reflexo. Sou pedra que tua maré atordoa, pedra que não se importa porque pedra porque pedra por que não paras de bater na porta? Para quê a resposta de minha boca se a tens na ponta da língua? Então mostra-me o furo, o buraco, a rachadura desta pedra que tua maré atordoa, corrói e não perfura e mesmo que assim fosse só ouvirias os gemidos das tuas próprias águas borbulhando no vácuo dum túnel frio destruído mudo, então bate, bate na porta, não terás resposta porque se eu falar acharás que minto como realmente, dama das marés.

Que foi um século para ti? Acaso a herança daquele Maximilian não chegou intacta a tuas mãos? E pensar que a protegeu uma palavra oca, nada significando além de si própria, zurzir duma aljava em seu invólucro alfabético e, posto que a desvendaste, nada mais te resta senão aceitá-la porque não há escolha para ti, mulher: devora-me, cumpridora dos rituais mortos, assim renovas a ti mesma, senhora das graças e desgraças marítimas, mãe negativa, gerando a mim geras aquela que também serias se não fosses quase tudo, as três quartas partes da terra.

Ah, suave e ilegítima rosa, estrela do mar que pousa em meu peito, longínqua, fria, perfeitíssima, tantas vezes rosa, amor, amor.

Capítulo II

Caim

O nome do pai. Era tudo o que tinham e tudo o que precisavam. O nome do pai: a ponte, o arco-íris ilusório entre as coisas eternamente separadas, um sobrenome sem história, sem raízes, sem significado, mas que podia ser pronunciado e repetido e escrito, porque o homem se diferencia do animal pelo nome, o rabo designativo da tribo à qual pertence, como um juiz perpetuamente a dar o veredicto: este não é um vadio, outros o precederam, outros o sucederão e em tudo semelhantes a este que testemunha e lhes dá fé, além do beiço caído que, tudo indica, tenha sido herança do bisavô, tão mais presente in absentia *nos daguerreótipos nos quais se esfumavam as pálidas feições de Ana Duarte e seus parentes.*

De modo que só pode ter sido de Maximilian. Daí a verdadeira razão, tão obscurecida por omissões e falsas premissas, da família considerar o beiço caído algo semelhante ao sobrenome, tanto mais valorizado porque indiscernível, inapreensível, intocável, uma espécie de marca registrada totalmente arbitrária, conquanto demasiado visível e transmissível e a única prova concreta das tais quatro letras ocas, e sob tão imperioso pretexto era natural que ignorassem as leis da estética e da ética e por que não da ótica? Que todas se revogam perante as leis do clã, as ditas leis do sangue, aquele que clama desde a terra, aliás, não foi assim que tudo começou?

Não são pelos traços familiares que os covardes se reconhecem e se multiplicam para se protegerem desde os séculos? Afinal, ali não estava o Hehl ao fim e ao cabo? Ainda que não significasse coisa alguma, legitimava-o o beiço caído, o sinete do clã.

Então nasceu Álvaro, o penúltimo dos seis filhos de Victor e Teresa Hehl. Assim como Lineu, Max, Laís, Liris e Herb, ele herdara cada um dos traços familiares, mas organizados de tal forma que todos se harmonizavam. Ao seu lado, os irmãos pareciam versões malsucedidas. Álvaro tirava-lhes tudo sem usurpá-los de nada, apenas retificava-os. Mas precisamente por isso, em seu belo rosto, o tão decantado selo não passava de um beiço caído, destoava. Sem fugir à regra, Álvaro fora a irônica, cruel exceção. Beleza é verdade, verdade é beleza. Ilegítima é sua ausência.

Victor

Victor, meu avô, o turvo e silencioso Victor, circunspecto, esquivo, fatal, demasiado imerso em Horácio ou Virgílio ou numa infatigável coleção de selos no interior da biblioteca onde se encerrava à noite, depois do jantar, e nos fins de semana, de onde saía apenas para as refeições, as obrigações de chefe da família que cumpria com uma espécie de zelo truculento, como um monge entregue ao delírio da autoflagelação, para assim resgatar sua cota diária de paz, invariavelmente às doze e às dezenove horas pontualmente rígido à cabeceira da mesa.

Victor era inflexível: exigia todos presentes, limpos, serenos e rigorosamente no horário, não admitia negligências, atrasos, a mais tênue insubordinação, pois ali tinha o relho e sabia usá-lo com método, sem ódio ou rancor, sem impacientar-se, os pálidos olhos azuis nem duros nem cruéis ou furiosos, apenas inflexíveis.

Victor: os vizinhos costumavam acertar os relógios por suas aparições diárias. Pela manhã às nove para pegar o bonde (na época, trabalhava no *Diário Oficial*, onde começara como linotipista e chegara a diretor, cargo que exercia com perversa resignação) e à tardinha, quando sua bengala despontava na esquina invariavelmente às cinco horas.

Victor: o tempo e um homem marcado pela fatalidade a despeito dos hábitos metódicos, austeros, talvez em demasia, porque talvez fosse precisamente por causa deles que a fatalidade o tenha ceifado aos 57 anos.

Porque Victor usava o rígido cotidiano para afastar a realidade, não que o tempo lhe importasse ou a odiosa rotina, a teia de costumes estúpidos que apanham um sujeito no berço e o largam no caixão, ele queria apenas que o deixassem em paz, paz pela qual pagava diariamente, implacavelmente, obtendo assim o direito ao seu quinhão diário de paz entre seus livros, em silêncio e dispondo do tempo pelo qual tinha de pagar, por isso Victor o odiava, porque precisava detê-lo, fazer-se ainda mais tirano para subjugá-lo, para que não lhe fosse acrescentado um segundo sequer quando finalmente retornasse à biblioteca, às amadas estantes silenciosas, trancasse a porta atrás de si, quando então poderia esquecê-lo.

Victor: a biblioteca era a sua cidadela cálida e indevassável cheirando a tabaco, fervilhante da vida que secretamente pulsava nos livros em quieto desalinho nas prateleiras, galgando as escadas de madeira, acercando-se dos janelões a meio caminho dum viveiro de plantas, junto à escrivaninha cuja tampa redonda corrediça abrigava a velha Remington eriçada de teclas como um buquê de flores metálicas. Imprevistamente, havia aquele inacreditável abajur lascivo cascateando cromados e efigênias, mais adequado à saleta dum prostíbulo, mas que ali se incorporava dignamente sem perguntas junto à *bergère* de couro marrom, ao relógio de pêndulo malignamente parado, às cadeiras de espaldar alto lembrando vagamente instrumentos de suplício medieval.

Assim era o refúgio do avô, a inacreditável ilha de paz no interior daquela casa que retumbava e bramia, o recanto a salvo no casarão estrídulo noite e dia, assolado pela família numerosa, amigos e compadres, primos próximos e distantes, empregados, incontáveis agregados, feito um estúpido país de pássaros do qual a biblioteca era a ilha de paz cuja porta só se abria no último sábado de cada mês para receber Otto Bruckner, o ourives, com quem meu avô havia estreitado essas amizades formais que começam excluindo a confidência e depressa omitem o diálogo. Mediam-se taciturnamente no xadrez e incorriam na filatelia, inocentes, abstratos, das oito à meia-noite, quando Teresa entrava com o xerez, os doces folhados e aguardava, roncando numa cadeira, para estender o chapéu a Bruckner com lembranças à senhora sua mãe.

Teresa

De modo que Victor raramente se dava conta do que ocorria lá fora, fora do seu âmbito, fora daquele bolsão fora do universo, isto é, no resto da casa onde longinquamente ribombava o trovão, precipitava-se a roda dos nascimentos e mortes, e a vida se encapelava em remoinhos cujo vórtice era Teresa, o expoente matriarcal de toda a região sudeste de São Paulo que, ao longo de três gerações, dominou a família.

Seu corpo não abrigava apenas uma alma, antes uma força da natureza inquebrantável que jurara enterrar todos os filhos e certamente o faria se não tivesse consumido a tal força já aos setenta anos quando esta abandonou seu corpo devastado por legiões de males superpostos. Fosse por Teresa, esta jamais entregaria os pontos, ah, não senhor, e eu não queria estar no lugar do Bom Deus quando Este a chamou de volta, o Velho Estúpido, que iria ajustar contas.

Teresa reinava absoluta e ruidosamente para além daquela porta e, mediante tão completa soberania, a inexpugnável privacidade de Victor representada por aquela maldita porta fechada era uma afronta. Embora calasse, internamente fervia, só ela sabia quanto custava dominar-se — o mesmo que tentar deter uma erupção vulcânica com a tampa duma panela. No entanto e em virtude da contenção que lhe era imposta, seria capaz de trucidar qualquer ente ou entidade animada e inanimada que tentasse violar a cidadela de paz do pobre Victor, tinha de protegê-lo, mesmo sabendo ser inútil, pobre sujeito indefeso, ainda mais pateta do que os filhos...

Teresa reinava por entre nuvens de farinha, fornadas de pão e canecas de vinho tinto. Praguejando em dialeto bávaro, ela se erguia maciça, sólida, inexpugnável, coluna dórica em meio ao furacão, com seus vestidos cinzentos e o pau de macarrão, eternamente vigiando o fogo, enxovais e adultérios, as comadres por sobre o muro, num torvelinho de penas, biscoitos e mazelas, ao alcance dos passarinhos.

Teresa não só vivia ruidosamente como o fazia em grande estilo, gerando recursos para que a vida não lhe negasse uma só migalha. A oficina com trinta e duas bordadeiras rendia dez vezes mais que o magro salário oficial do marido. Atendia encomendas das famílias ricas, que fossem as tradicionais também, seu arrogante sangue austríaco exaltava-se porque nele corria a arte secular do "bruzdôn", o bordado, uma das tantas coisas que constituíam não apenas sua herança, mas seu patrimônio sonante; possuía uma habilidade diabólica para engendrar os motivos de flores, pássaros, nuvens, entrelaçando-os como constelações, sem jamais repeti-los, a não ser nas sutis variações que caracterizam um estilo, a assinatura em relevo sobre a cambraia, o linho, o cetim, os fios de seda, lã, prata, ouro, uma vez que o dinheiro queimava em suas mãos.

Inventava saraus e convescotes a pretexto de tudo e nada, suas festas eram apoteóticas. As filhas, Liris e Laís, e mais quatro empregadas, extenuavam-se quinze dias antes nos doces e salgados. Na antevéspera, Teresa presidia os assados, contratava os músicos, pois se os filhos, ao menos os mais velhos, já estavam em idade de casar, então que se divertissem antes, em casa, em vez de sabe-se lá onde, o argumento era irrefutável, sem contar que Victor a certa altura poderia desaparecer, recolhendo-se indefinidamente na biblioteca.

Velha, odeio festas/ Sim, meu velho, mando uma bandeja às onze?/ Como quiser, minha cara, e ambos piscavam. Sim. Era um acordo tácito, arranjo admirável que, naturalmente, não confessavam sequer a si próprios. O fato é que o casamento, a inefável instituição com sua aura de respeitabilidade, permitiu a Teresa e a Victor fazerem precisamente o que queriam. Assim, uma aliança mais poderosa os unia: a cada um competia resguardar não a honra ou o amor ou a respeitabilidade, que isto lhes importava um corno, mas a individualidade do outro. Embora se comportassem como inimigos declarados, no fundo amavam-se incondicionalmente e sem ilusões, como se o amor tivesse um nome secreto, conhecido unicamente por quem permanece fiel a si próprio.

— Sobrou bem pouco para nós, meu chapa, declarou Max.

— Você bebeu, riu Álvaro.

— Mamãe, vou me casar! anunciou Lineu. — Apresento Emília, não é uma boneca?

— Casou antes de completar dezoito anos, o meu mais velho. Um pirralho! Mas a mulherzinha era alegre, boa voz, uns braços roliços que o enredaram, maldizia Teresa.

— Sábado que vem, traga o violão, Emília, pedia Lineu: magro e curvado, o crânio estreito dividido ao meio, emplastado de brilhantina, orelhas de cobrador de impostos, focinho de raposa e louco por um rabo-de-saia.

— Um filho-da-puta. Casou porque a mulher ele pode trair, disse Max.

— Você é maluco, riu Álvaro.

— Não vou dizer o que é teu marido para não ofender a memória de minha mãe! vociferou Teresa.

— Nunca fui tão humilhada, queixou-se Laís.

— Fugiu de madrugada e pela janela, meu querido! pausou Liris tragando o cigarro, soltando fumaça pelo nariz. — Quando Laís ficou grávida, ele avisou: não quero menina. Agora, está aí, outro bebê em casa.

— Que língua você tem! censurou Lineu. Nem para a velha abaixa o topete!

— Soldados em minha casa! Soldados, sim, Max! Então é esta a sua família? Prostitutas? Cafetões? Bandidos? gritou Teresa.

— Você perdeu a cena, cara, a velha esteve sublime, parecia o Zorro. Bueno, onde andaste? perguntou Álvaro.

Foi em julho de 1946, um ano depois da guerra. A atmosfera durante o jantar parecia impregnada de algum gás mortal: uma fagulha e a casa ia pelos ares. Max andava sumido há três dias, o fedelho. Comiam em silêncio, narizes no prato, ninguém ousava falar, estava escrito na cara do pai que desta vez o mataria. Liris podia fumar, discutir com a mãe, Lineu trair a mulher, Álvaro vestir-se como um gângster de Chicago, porém Max fora longe demais: desafiara o pai. Nunca se humilhou, nunca pediu perdão, nem mesmo quando apanhou com o cabo do chicote. Desafiava: bate mais, vamos, bate, o fedelho desnaturado. Três dias.

Victor fitava o lugar vago na mesa ao lado de Álvaro, quando alguma coisa na cara deste chamou sua atenção, por isso desviou os olhos, fixando a parede acima do filho, lançando-lhe miradas rápidas, furtivas, enquanto crescia a inquietação: ia desmaiar? Cerrou os dentes, levantou-se, Teresa acudiu:

— Vá, meu velho, levo o pudim na biblioteca.

— Com licença, grunhiu Victor, e para a mulher, venha logo.

Pela primeira vez em muitos anos, não conseguiu concentrar-se na leitura. Consultava seguidamente o relógio de corrente até que, irritado, depositou-o sobre a escrivaninha. Agora duas coisas o perturbavam: o sumiço de Max e a cara do mais moço. Chegava a ser engraçado. Ou não? Não sabia o que sentir a respeito, se é que devia sentir alguma coisa. Nada entendia de sentimentos, isto era lá com Teresa, ela tinha um nome para cada um, um nome e uma explicação lógica. Dez e meia já. Por que demorava? Era incrível, mas não havia marcado hora, no entanto, podia jurar, enfim, cá está, largue essa bandeja e sente-se, minha velha, dois dedos de prosa com este velho ranzinza não lhe farão mal, ou não tens mais tempo para ele? Bem, nem sei como te dizer isso, é que, olhe, aquele rapaz, o que há com ele?

Sentada na cadeira de espaldar alto, Teresa tinha os olhos semicerrados, voltados para dentro, os cabelos presos num coque acentuavam-lhe o perfil romano; a figura monolítica esculpida num só bloco parecia não ter sexo ou idade, antes constituir uma justaposição da mesma criatura em suas várias encarnações por diferentes estados e categorias — mineral, vegetal, humana — concentradas nessa entidade eterna que era Teresa meditando, olhos baixos, alisando as pregas do avental, não como uma dona-de-casa, mas um astuto general fingindo ao seu estado-maior estudar o campo de batalha que mandara atacar há duas horas atrás. Sabia que Victor não falava de Max, não precisava fazê-lo, referia-se a Álvaro.

— O mais novo, Álvaro, é este? Cautelosa, tateava o espírito do marido.

— Sim. Julguei estar ficando maluco, riu Victor, a fronte e os olhos, do nariz para cima é ver minha mãe. As mesmas sobrancelhas negras e arqueadas, os olhos azuis tão tristes. Foi muito bela, eu havia esquecido, contudo, a parte inferior, os lábios, o maxilar, Deus! São do pai! desviou o rosto, ofegante.

— Assim como dois fantasmas disputando o mesmo rosto, não é?

— Absurdo! De onde tirou isso? Está louca? engasgou-se Victor. Maldita mulher! Atirar-lhe no rosto o que não se atrevia a pensar.

— De lugar nenhum! Apenas eu o tenho sob meu nariz há dezoito anos. A realidade cai hoje na tua cabeça e a louca sou eu? Reprimiu o protesto do marido com um gesto.

— Basta! Não vim discutir, chega o desgosto... Se Max não aparecer até amanhã, você terá de ir procurá-lo. Acho que é tudo. Precisa de mais alguma coisa? Teresa levantou-se, mas os pálidos olhos azuis do marido cintilaram num apelo mudo. Voltou a sentar-se.

— Max! Vou trazê-lo debaixo de vara! agitou-se Victor. — Perdão, minha velha, deixe estar, deixe estar, todavia, quanto a Álvaro, o que acha? O que pensa?

— Quer mesmo saber? Ela esboçou um sorriso que morreu subitamente. Quando falou, tinha a expressão fatigada:

— Parece que tudo se repete e duma forma tão estúpida...

— A história se repete como farsa, minha cara.

— ...novamente irão se encontrar, novamente irá odiá-lo, novamente terá de se vingar, então novamente vai matá-lo. Três vezes morto! E isso é tão velho, Victor..., chorando silenciosamente Teresa foi-se inclinando até apoiar a cabeça no colo do marido.

— Santo Deus, mulher, mas do que é que você está falando?

— Traga-o, Victor! Max, você o maltrata demais, por isso ele foge, promete que...

Victor hesitava, a mão trêmula suspensa no ar — pássaro abatido em pleno vôo segundos antes de mergulhar nas trevas soluçantes dos cabelos de Teresa —, enrolando confusamente palavras de conforto e recusando-se a dizê-las, recusando-as sem saber por que, piedade por quê? piedade de quem? Deus meu, por que tanta piedade?
— Seja, filha, prometo, amanhã.

* * *

Na manhã seguinte, Victor já havia saído à procura de Max quando a boiada estourou nas proximidades. Atordoado em meio aos gritos e à multidão, ele não percebeu quando o touro o atingiu, cravando-lhe o chifre na coxa esquerda. Após meses de inconsciência e semiparalisado, Victor aposentou-se da imprensa oficial. Encerrado na biblioteca, vagou como uma sombra, apagando-se pouco a pouco.

Então aconteceu o segundo acidente: Victor começava a se restabelecer quando Max sumiu de novo por dias seguidos, e novamente o pai saiu a procurá-lo. Ninguém tentou impedi-lo, na verdade, nem o viram sair. Aposentado, tornara-se extremamente discreto e silencioso, não só invisível como também inaudível. Talvez por isso o segundo acidente tenha sito fatal: sem perceber, o condutor do bonde continuou a arrastar seu corpo pelos trilhos por vários metros até que o alertou o alarido dos passageiros.

Abalada pelos golpes sucessivos desde o primeiro acidente, a convalescença prolongada, o segundo e a morte de Victor, muito mais profundamente que pudesse admiti-lo ou compreendê-lo (Porque, veja bem, Amanda, os dois tinham aquele acordo tácito — marido e mulher como fiador e depositário da identidade, liberdade e papel social um do outro — mas por ser um arranjo inconsciente, foi como se não tivesse existido), para não enlouquecer Teresa adoeceu cronicamente, contraindo uma sucessão de males, nenhum pior nem mais corrosivo que o desgosto onipresente contra tudo e todos, incluindo Victor, cuja morte liquidara também seu prazer de estar viva. O rosto enrugou-se, perdendo as cores e o viço, os lábios curvaram-se em linhas descendentes, delineando-lhe feições de bruxa.

Quando Max reapareceu, o pai já havia sido enterrado. Foram precisos três homens para contê-lo: Assef, Lineu e Orlando. Portando-se como louco, embriagou-se durante meses: não comia, não dormia, não falava, não parava de chorar. Como se Álvaro já não tivesse problemas suficientes: não seria exatamente caso de suicidar-se ou alistar-se na Legião Estrangeira, mas aquele beiço caído obcecava-o:

— Aos treze anos, o popular Bicudinho abandonou o ginásio. Porra, era demais! Um sujeitinho sensível como ele! gozava-o Max.

— Vai para o inferno! enfurecia-se Álvaro brandindo o pente diante do espelho.

— Aos quinze foi trabalhar para, dois pontos — imperturbável Max prosseguia — ganhar muito dinheiro, vestir-se exclusivamente no Minelli, receder lavanda inglesa num raio de dezenove quarteirões, ser o tal, o bonitão, o mais elegante, com ou sem o beiço. De preferência, sem.

— E você fede! Ainda te arrebento! Álvaro ameaçava-o pelo espelho.

— Mulherzinha! gritava o pequeno Herb correndo e se escondendo debaixo das saias da mãe.

— Você acabou *ornamentando* o defeito, sabia, meu chapa? Odeia-o de maneira tão ostensiva que ninguém pode deixar de notá-lo, sentado na borda da banheira, Max continuava a gozá-lo placidamente.

— Você o provoca e ele, Max para cá, Max para lá, feito idiota, você é o ídolo dele. E que ídolo! Faça-me o favor! O velho deve estar se revirando na cova! censurava Lineu.

— Com inveja, meu caro? Max encarou-o, um meio sorriso irônico: não se iluda, não vou chamá-lo Caim. Você é só o irmão judeu.

— Desde muito jovem Álvaro enchia a cara nos bares, diz Júlia, se metia em brigas, o terno do Minelli rasgado e enlameado, o Rolex roubado ou perdido, Rolex que ele nunca acabaria de pagar. Aos trinta, já havia perdido uns oito, como se estivesse resgatando eternamente seu próprio mecanismo vicioso, sem contar a ressaca, tendo que se apresentar para o dono da loja às nove, banhado e engravatado, não sem constatar que o odiado beiço continuava ali.

— A porta da realidade é o espelho do banheiro às oito da manhã, filosofava Max.

— E levava-a na cara todos os dias, donde renovados pileques à noite. Aos vinte e três anos podia ser considerado um alcoólatra semiprofissional. Batia o ponto da primeira dose invariavelmente às sete da noite no bar Viaduto, até que conheceu Vivien. O resto você sabe, diz Júlia espiando a irmã.

— Não, não sei, mas temos a noite toda. Comece a contar. Quero ver até onde você vai, diz Amanda acendendo um cigarro.

Sherazade, pensa Júlia.

— Aqui, te cai como uma luva! Max apoiou o livro no ombro no irmão: "Sentimental é aquele que pensa que as coisas duram, romântico é aquele que espera, contra toda esperança, que as coisas não durem.", fechou o livro e piscou.

— Quero que conheça Vivien. Com Lineu casado e papai morto, você agora é o chefe da família, disse Álvaro. E não faça essa cara, você terá de amansar a velha: estou apaixonado, Max.

— Vivien! A neta duma cadela irlandesa que abandonou as crias para que o diabo as carregasse! praguejou Teresa.

— Vivien irlandesa? Para fugir com um soldado da cavalaria, a avó só podia ser cigana, disse Liris.

— Vivien, uma ruiva meio vamp, filha de jogador. E bicheiro, piscou Laís.

— Vivien: pai jogador, avó cigana, dessa vez você caprichou, mano, disse Lineu.

— Vivien: e também a mulher mais bela do Trianon, disse Max: realmente, ele caprichou.

— Vivien, encantado, Álvaro.

— Vivien, minha mãe, diz Júlia.

Capítulo III

Vivien

De origem obscura e um tanto controversa (Vovó Teresa tinha um nome para isto, um nome e uma explicação lógica, riu Amanda), mistura de italianos e irlandeses, filha de Rosa e Dionísio Teschi, um casal de fazendeiros arruinados cuja numerosa e estrídula família, constituída por seis mulheres e dois varões, migrou do norte do estado para a capital na conjunção da Segunda Guerra e a crise do café, Vivien ostentava em seu rosto uma espécie de síntese de todo o capital estético das divas de Hollywood, mas como quem saca sem fundos.

Analisando-a traço por traço, percebia-se por quê: eram todos irregulares. Mas esse era um exame tão decepcionante quanto inútil, o mesmo que seguir uma pista falsa. Porque seus traços vistos no conjunto resultavam na tal síntese deslumbrante, a absurda alquimia da beleza.

Ela conseguia parecer-se simultaneamente com Vivien Leigh, Maureen O'Hara e Heddy Lamar e ainda reservar personalidade bastante para si própria.

Pois como explicar o fato de mulheres que, a despeito de possuírem características semelhantes às estrelas de cinema, sequer chegarem a lembrá-las? Então Vivien seria bela porque única e, conseqüentemente, irrepetível. Mas isso não deve ter ocorrido a Álvaro quando a quis por mulher e mãe de seus filhos.

Vivien: os olhos negros circunflexos abrigavam um demônio fixo de rocha e pássaro, a boca, fina como um risco, subitamente se alastrava num sorriso esfuziante e inacessível, marcado por covinhas: a beleza não admite pontos finais. Mas a massa de cabelos vermelhos ocultava o crânio irregular, um nariz quase adunco passava por atrevido — Rita Hayworth com pudor, sem as luvas negras e o decote expectorante — antes a sugestão velada de tudo isso, equilíbrio de luz e sombra, fixidez e mobilidade, estrela duma constelação em órbita excêntrica determinando seu próprio percurso, seu tempo específico.

Porque a beleza não é a somatória das justas proporções, disto se encarrega a simetria. E o resultado é carne sobre carne, pedra sobre pedra, a secular procissão de misses e estátuas sem alma. A beleza desloca e subverte o fluxo da inteligência, e não é tão simples aceitar a transgressão, alterar o curso do pensamento, a ordem direta da frase, a via-crúcis da razão, e assim ingressar numa outra freqüência fora do tempo, lá, onde a beleza irrompe, fulgura e se antecipa como um pressentimento, porque antes da retina, bate no coração e desperta a memória de uma outra linguagem que escapa entre os dedos e à compreensão, segundos após ter assomado ao limiar da consciência, pássaro aprisionado e desesperado de fuga, batendo as asas contra a rede e dando-lhe sua forma, síntese de rede e de pássaro, a essência da fuga aprisionada no instante do puro paradoxo de fugir da rede que já a enredara nas mínimas malhas da sua própria rendição, que apanhara quem ainda tentava retê-la, defini-la como uma explosão silenciosa, a casual reunião ou supressão ou justaposição do derradeiro caquinho da rosácea do caleidoscópio que resultaria na vitória da samotrácia, no arco triunfante da assimetria.

— Hum, muito metafísico, diz Amanda.

— Se nascesse com uma cicatriz na cara, não acharia nada metafísico.

— De qualquer forma, enche o saco, boceja Amanda.

— Diante da penteadeira ela imitava Rita Hayworth atirando para trás a cabeleira ruiva molhada, lembra Júlia.

— Um negócio bem repugnante, parecia *borsh*, Amanda fez uma careta.

— Nunca haverá mulher como Gilda! exclamava Vivien.

— Nunca haveria mulher como Vivien, queria dizer, diz Júlia, ela exagerava na imitação para disfarçar aquilo que, aos nove anos, eu já sabia: sua secreta e inabalável certeza de que ela, sim, era irresistível.

— Que nós, que nós sabíamos, bota no plural, Júlia, corrige Amanda.

— Mas nem tudo eram flores, prossegue Júlia, considerando as sardas de gata irlandesa, as pernas curtas, o intestino preguiçoso e apenas um curso primário: detalhes que, ironicamente, a faziam ainda mais bela, porque as mulheres verdadeiramente belas são as de carne e osso, deste lado da realidade e aquém do sonho, da foto na parede da juventude, das promessas do celulóide e ao alcance dos homens, do amor, de Álvaro, especialmente! — fazendo pose, expelindo significativamente a fumaça do cigarro.

— Sacanagem, não sabe que faz mal à criança?, protestou Amanda dispersando a fumaça. — Por que não vai embora, Júlia? Posso me virar perfeitamente sem você!

— E mal à puérpera, como diria Borelli, diz Júlia: Não, não pode, Amanda. Sem contar que te daria mais um motivo para me culpar pelo resto da vida. Não foi sempre assim?

— Nem que eu tivesse inventado o sentimento de culpa! Que mal tão grande você me fez, Júlia? Quer dizer, que eu ainda não saiba?

— Eu não, Caim, diz Júlia fixando a irmã: a história mais velha do mundo, Amanda.

— Não quero ouvir, detesto esse tipo de história — diz Amanda.

— Porque odiava as aulas de religião no colégio. Escute, são apenas dezesseis versículos, diz Júlia, aqui está: *"E conheceu Adão e Eva, sua mulher e ela concebeu Caim e disse: 'Alcancei do Senhor um varão.' E teve mais o seu irmão, Abel; e Abel foi pastor de ovelhas e Caim, lavrador da terra. E aconteceu ao cabo de dias que Caim trouxe do fruto da terra uma oferta ao Senhor. E Abel também trouxe dos primogênitos das suas ovelhas e da sua gordura. E atentou o Senhor para Abel e sua oferta, mas para Caim não atentou. E Caim irou-se fortemente, e descaiu-lhe o seu semblante. E o Senhor disse a Caim: Por que te iraste? E por que descaiu o teu semblante?"* (—Pergunta mais idiota, diz Amanda) *"Se bem fizeres, não haverá aceitação para ti? E se não fizeres bem, o pecado jaz à porta, e para ti será o teu desejo e sobre ele dominarás. E falou Caim com seu irmão Abel, e sucedeu que, estando no campo, se levantou Caim contra seu irmão Abel e o matou. E disse o Senhor a Caim: Onde está Abel, teu irmão? E ele disse: Não sei, acaso sou eu o guarda do meu irmão? E disse Deus: Que fizeste? A voz do sangue do teu irmão clama a mim desde a terra. E agora maldito és tu desde a terra que abriu sua boca para receber da tua mão o sangue do teu irmão. Quando lavrares a terra, ele não te dará mais a tua força; fugitivo e vagabundo serás na terra. Então disse Caim ao Senhor: Minha iniqüidade é grande demais para que eu mereça perdão. Eis que hoje me expulsas desta terra e eu me esconderei da tua face e serei vagabundo e fugitivo na terra, portanto, todo o que me achar me matará. E o Senhor disse: Não será assim, pois qualquer que matar Caim, será sete vezes castigado. E o Senhor pôs um sinal em Caim para que não o matasse ninguém que o encontrasse."* — É só, Júlia fechou o livro como quem bate uma porta. — Existe algo terrível nessa história: não deixa nenhuma esperança, Amanda.

— Cristo, Júlia, e o Novo Testamento, você os esquece de propósito, disse Francisco Rovelli cujo belo rosto severo, sob o foco do abajur, irradiava uma placidez ligeiramente crispada: irmão Francesco, pensa Júlia. — Na Epístola aos Hebreus, São Paulo diz que Abel tinha fé, ele acrescentou.

— E diz também uma porção de gracinhas sobre as mulheres, disse Júlia. — Muito esperto, o teu Saulo, mas estava apenas elaborando, tecendo conjecturas, meu caro, esta palavra tão sebosa. Cristo não conjecturava, dizia logo ao que vinha, ou seja, redimir a humanidade, o que, naturalmente, devia incluir Caim, contudo esse Saulo e respectivas conjecturas continuou a classificá-lo entre os primeiros que ele, pessoalmente, decidia mandar para o inferno.

— Te conheço, replicou Francisco, elogia Cristo e me amarra as mãos para poder atacar livremente os apóstolos. Não é honesto, Júlia.

— Desonesta, eu? Então escute isto: *"Para que sobre vós caia o sangue justo que foi derramado sobre a terra, desde o sangue de Abel, o justo, até o sangue de Zacarias, morto às portas do templo; Mateus-23".* Este Mateus sujeita a inocência paradisíaca a julgamentos morais tardios e farisaicos.

— Ora, Mateus, Francisco sorriu com desprezo. Comparado aos outros, seu evangelho chega a ser banal. Literariamente falando, é claro. Mas a questão aqui não é estética, você sabe perfeitamente disso e continua tentando se esquivar e me iludir: não vai funcionar, Júlia.

— Mas este João funciona, disse Júlia: *"Caim era do maligno e matou seu irmão. E por que o matou? Porque suas obras eram más e as de seu irmão justas. Qualquer que aborreça seu irmão é homicida. E vós sabeis que nenhum homicida terá a vida eterna."* — Espere, tem mais: *"Ai deles! Porque entraram pelo caminho de Caim e foram levados pelo prêmio de Balaão e pereceram na contradição de Core. São manchas em vossas festas de caridade, banqueteando-se e apascentando-se sem temor; são nuvens sem água levadas pelo vento, são árvores murchas, infrutíferas, duas vezes mortas, desarraigadas, ondas impetuosas do mar que espuma as mesmas abominações, estrelas errantes para*

as quais está reservada a mais negra treva. Judas 10-11."
Júlia suspirou, mordiscando a ponta da caneta: — Poético, não acha? O "apascentando-se sem temor" é decididamente profano!

— É belo, exaltou-se Francisco, poético e verdadeiro!

— Vê? Forma e conteúdo são indissociáveis. O que teria pensado Judas Iscariotes?

Voltando-se na direção do foco de luz, Júlia procurou os olhos de Francisco, cuja cadeira bruscamente tombou para trás, mergulhando seu rosto na sombra, enquanto o foco oscilava sobre a mesa, projetando uma sombra vertical junto à parede, uma sombra esguia que balançava para lá e para cá, lentamente, para cá e para lá, ou talvez fosse o vento, é claro, o vento, a brisa noturna.

— Devia parar com as anfetaminas, diz Amanda.

— "Ele nos criou para Sua Glória, para que O adorássemos". Porra, como se Deus precisasse disto. Porque pensando nessa linha, Ele também se fodeu, também foi rejeitado. Caim e o Todo-Poderoso são farinha do mesmo saco, Amanda, diz Júlia.

— Desde que chegou, já tomou três, eu contei, diz Amanda.

— Apenas uma: a marca de Caim, Xavier apontou a cicatriz nos lábios de Júlia com o dedo amarelo de nicotina. — É uma espécie de pista, meio estúpida, mas eficaz. Você a seguiu e bingo, de cara com a verdade. No fundo, você não teve escolha, foi encurralada, é o *modus operandi* deles. Os deuses podem ser loucos, mas não são burros, Júlia.

— Você e Xavier também eram farinha do mesmo saco, Amanda, diz Júlia.

— Num sentido complexo, Caim é um símbolo, uma alegoria, Abel outra e Deus, nem pensar, são três vezes trimegistos, como todo arquétipo. Estou com sede e você? disse Xavier apressando-se, entrando no bar, deixando Júlia para trás. Quando o alcançou, já estava na segunda dose.

— Xavier padeceu de irrealidade e morreu por equívoco, diz Amanda, a voz embargada: mas que merda! Agora que está morto, quem vai ocupar o mesmo buraco de ar?

Pensa: Cyrano de Bergerac, o mesmo herói, o mesmo talento, o mesmo pacto secreto, pensa: manipular. Xavier e Amanda eram mestres nisso, pensa, cúmplices: Sim, vai ser difícil — Júlia suspira.

— Caim, um nome significando apenas a si próprio e um único homem a merecê-lo, no melhor e no pior sentido. Como Deus. Somos filhos de ambos, se é que não são a mesma pessoa, Xavier acenou ao garçom pedindo outro uísque.

O quinto, puta merda, pensou Júlia, mas ele arreganhou os dentinhos miúdos e amarelos:

— Então o Velho Estúpido percebeu que não era lá muito glorioso ser adorado por um bando de imbecis e arrependeu-se amargamente de ter mandado os outros, os legais, para o inferno. Ou seja, aqui. Welcome! Xavier engoliu o resto do uísque e pediu outro.

— E quanto a Vivien? propôs Júlia pensando, agora vai gritar, enlouquecer, mandar eu me foder.

— A cigana, a manhosa, me dobrava feito manteiga. Ainda dobra. Você não, é a filha do sangue, a cria do coração. Não só herdou-lhe o talento como superou-a, o pacto secreto parece ser a marca registrada do clube. Por você ela sofreu, não sofre por Xavier? São peculiaridades do tal pacto, ainda que não signifiquem coisa alguma, para mim essas atividades são tão absurdas como o ritual de acasalamento da mosca tsé-tsé. E obscuramente inúteis, embora o motivo me escape...

— São as anfetaminas, Borelli explicou-me, insiste Amanda: toma essa merda há quantos anos, Júlia?

— Você fala igualzinho a Vivien: é o álcool, são as anfetaminas, diz Júlia, o mesmo joguinho sujo, a areia nos olhos: agora entendo porque gosta tanto daquela citação do Livro dos Mortos.

— Falo para o teu bem, Júlia, não quero te internar. No sanatório ia enlouquecer, já está meio louca, diz Amanda.

— "Oh, coração meu, não te levantes para testemunhar contra mim!" recita Júlia. — Loucos não têm memória, Amanda. E acontece que lembro perfeitamente que Vivien, no papel da Vesta Inquisidora do Sofá, acometida da síndrome do respectivo utensílio, adora dar plantão no vazio. Quer dizer, naquele buraco de ar, sempre o mesmo, puxa vida. Horas e horas. Dias. Meses. Anos. Sentada sem fazer absolutamente nada. Não são as anfetaminas, não é o álcool, Amanda, é isso que enlouquece.

* * *

A irmandade materna emergiu do sonho americano, do grande engano, mais precisamente na década de 1940, e pergunto-me até que ponto não foram os mesmos os sonhos que assombraram minha infância quando, encantada, contemplava tia Jane ou tia Marjorie na penteadeira fluorescente e noturna com lâmpadas de camarim, porque Marjie era cabeleireira, tendo, presumo, a mesma relação feérica de rugas prematuras, cosméticas cicatrizes acrobáticas que viviam mudando de lugar ao sabor da fantasia, além desse perfume abafado pela colcha chinesa de péssimo gosto e contrabando, misturado ao ranço de mulher amanhecida que ninguém e todos sabiam perfeitamente o que fazia nas noites de sábado.

A irmandade materna migrou do interior em 1941 com a queda do café, a Segunda Guerra, o cinemascope, as raízes cortadas. Porque à crise externa juntou-se outra, de ordem interna: a adversidade é plural. O avô Dionísio, jogador por vocação, por falta de opção, por amor ao ócio, por não querer ou não saber fazer qualquer outra coisa, perdera no jogo as três casas que herdara do pai, a azul, a verde e, por fim, a amarela, em ordem decrescente em tamanho, conforto e conservação. Na capital, as filhas mais velhas tiveram de trabalhar nas fábricas de cigarro, nos laboratórios farmacêuticos e, quando tinham sorte e meias de nylon, no Mappin.

Viviam solidariamente amontoados nos cortiços do Bexiga, desmantelados e febris e obedecendo àquela invisível ordem sem palavras, as eternas leis não escritas dos movimentos migratórios que protegem o homem, amoldam-lhe o caráter, estabelecem limites, direitos e deveres, fazendo-o descobrir o quanto de adversidade e pobreza pode agüentar, decidindo sem hesitar sobre o que é preciso reter ou deitar fora, e tudo o mais que é necessário se quiser conservar a condição humana para assim transmiti-la aos filhos e aos filhos dos filhos a chegar na próxima vaga migratória, o fluxo impetuoso bastante para aplainar o novo terreno, pois os velhos virão no refluxo com os fundamentos do tabernáculo, o *sancta-*

sanctorum do altar da memória, tesouro que é o legado dos filhos e netos e bisnetos; os velhos, a misteriosa força à retaguarda a abrir espaço suficiente para conter uma cadeira de palhinha junto à entrada do beco onde quietamente irá se instalar a velhice, a ruína, o orgulho espezinhado, o tesouro inviolável da memória profunda, seu legado tão mais grandioso quanto mais distante no tempo e no espaço, nos estreitos limites dum beco, dum assento de palhinha.

Dionísio Teschi, o avô meio vêneto meio irlandês, filho único da cigana que retornou ao seu carroção nos arredores de Vicenza e à liberdade, sem dizer adeus ao marido, que deixou parado ao lado da pá e da enxada, a olhá-la fugir, ele com o menino no colo, ambos cobertos de terra vermelha como uma escultura manchada do sangue e da carne abandonados na terra maldita que o menino passou a odiar, seguindo o apelo do sangue materno livre e desnaturado, razão pela qual o pequeno Dionísio, odiando e repudiando a terra e seus labores, se tornou jogador e sanfoneiro arruinado, único herdeiro de três fazendas perdidas em mesas de pôquer.

Assim o avô Dionísio, cuja qualificação profissional consistia em não ter nenhuma graças à sua alma de malandro inconseqüente e reprodutor passivo de oito filhos, ao se mudar para a cidade depressa arranjou um posto de vigia noturno na CMTC a fim de manter as aparências de chefe da família, enquanto lampeiramente, nas tardes solteiras, fazia grandes progressos na auspiciosa carreira de bicheiro, verdadeira mina, proclamava com uma risota velhaca.

— Parecia um duende, só lhe faltava a tocha! diz Amanda, os olhos brilhando.

— Apostava todo o salário na borboleta, diz Júlia. — Perseguiu-a até a morte. Durante a agonia, sua pele escamava. Rosa sacudia os lençóis pela janela e lá fora nevava intensamente: meu avô levado pelo vento...

— Ah, a borboleta, esse bichinho tão poético, diz Amanda.

— Rosa não achava graça nenhuma, diz Júlia, teve oito crianças sob protesto. Praguejava em vêneto, não falava, não lia, não escrevia uma só palavra em português. Uma placenta perdida em terra estranha. Somos filhas do vício com a inconsciência, Amanda.

— Como pode ser tão filha-da-puta? A quem você respeita, Júlia? Caim, pensa Amanda.

— Com mil demônios, outra mulher! enfureceu-se Dionísio.

— Quando nasceu tia Doris, a mais nova, a última, a que virou bailarina. Outra bruxa legítima, como Vivien, diz Júlia. — Da avó, a cigana irlandesa, herdaram o senso de fatalidade, os extremos de promiscuidade e puritanismo, a vergonha, a sensação de estarem permanentemente nuas ou descalças. O corpo como ponto de acumulação de toda inferioridade e de toda opressão...

— ...e de toda superioridade e toda tirania, lembre-se de que eram escravas dum ideal de beleza, algo a ver com as estrelas de Hollywood, diz Amanda.

— Mas o corpo como fonte de todo o bem e de todo mal se tornou poderoso demais, acrescenta Júlia.
— Em nome do pecado foi possível degradá-lo e idealizá-lo ao mesmo tempo, preenchendo o vácuo — de raízes, de fé, de valores morais, de ideais — com um sonho emprestado, a cova onde rugiam os leões da Metro!

— Se em 1947 eram de celulóide, hoje são de plástico, diz Amanda.

— Josh! Trata-o como um filho! Rosa afaga o cãozinho que lambe seus chinelos: — Mostra-lhe o quepe e ele já sabe que o pai vai para a CMTC. *Un cane, mamma mia*, seu pai está perdido, Nani.

— Ontem meu cabelo fez furor, gabava-se Jane — Ficou igualzinho ao da Susan Hayworth!

— Sem contar o leão de pedra na praia do Gonzaga no qual montávamos para tirar fotografias: eu, você, Vivien, tia Jane, lembra Amanda.

— Tróias! Bacãs! Agora chegam às quatro da manhã! maldizia Rosa.

— Além do restaurante *Leão* na Praça do Correio, diz Júlia.

— E do *Gato Que Ri* no Largo do Arouche, diz Amanda.
— Esse não vale, diz Júlia.
— São todos felinos, diz Amanda.

Tia Jane, por exemplo, seria a eterna Miss Cinelândia, por incríveis sistemas paramnésicos, a Jane, namorada do Tarzã, ou Glória Grahame, amante de Lee Marvin, o gângster que lhe atira ácido no rosto; Jane chorou dois meses quando viu a fita, sem lhe ocorrer que o fazia por si mesma ou por Marjorie, já desse lado da realidade, porque Marjie sim, aquela cicatriz profunda a desfigurar-lhe a face esquerda como uma depressão lunar calcinada. Ao invés de dissolver-se, a infecção no molar explodira para fora, dentista burro, mas claro que, antigamente, no interior, daí o fato de Marjie fazer a linha Verônica Lake e outras danações.

Marjie e Jane, mulheres mais fatais a si próprias, fatias de carne e osso do produto ao avesso do sonho americano, do grande engano, acalentado na penumbra das salas de projeção com pulgas de terceira classe, as mesmas que, de madrugada, estariam picando e sugando sob a colcha chinesa de péssimo gosto, após o intervalo esquecido do amor entre aquele sonho e este aqui, mais próximo, feito de lençóis gosmentos e mau hálito, os intervalos espúrios do amor sob um céu de estrelinhas e papel crepom, as compressas do esquecimento, porque a vida, realmente a vida não era tão cor-de-rosa.

Em 1947, o verdadeiro nome do amor vinha impresso em letras douradas, assumia as formas ovais e oblongas das caixas de bombom, brilhava nos créditos e títulos ardentes e vermelhos anunciando ...*E o vento levou*, insinuava-se nos vestidos e toaletes estapafúrdias, obtidos a partir de cortinas usadas, mosquiteiros e forro de sofá.

— Se a necessidade é a mãe das invenções, em 1947 o pai foi Darryl Zanuck, diz Júlia.

— Viu só, Marjie? Scarlett fazia o mesmo, tagarelava Nani como quem fala da vizinha.

E a juventude, os bolinhos do entardecer, os tipos mal-encarados, os bondes, as longas filas do pão e novamente os bondes, as matinês dançantes, as novelas da Rádio São Paulo. Vivien, cabeça cheia de sonhos, pés plantados na realidade. Ao acordar, lavava o rosto com sabão amarelo, espiando pela vidraça o atordoante e fuliginoso casario sob um verdoso céu de filme polonês que amanhecia por entre nuvens cor de estopa. Tinha apenas um casaco e um par de sapatos de cor indefinida, forrado com pedaços de jornal, mas, ao sair, sua massa de cabelos vermelhos adejava no espelho do porta-chapéus, deixando um rastro de fagulhas elétricas, uns longes de madressilva. E tinha dezoito anos. O bastante para ser feliz.

Álvaro e Vivien

Escadarias, mármores, cromados, espelhos, lustres de cristal, reposteiros, tapeçarias, damascos, mármores, espelhos, espelhos, espelhos, portais, vitrôs, lajes, murmúrios, mormaço, risos, tango em surdina, sombras, vozes, luzes da ribalta, madressilvas em flor, cetins e brocados, beijos furtivos, tropical de seda, Canaro em Paris, cromados, *Mi noche triste*, champanhe, lustres, reposteiros vermelhos, um disco de Ivor Novello, transatlânticos, espelhos, Trianon, verão de 1947: foi aí.

— E isso aí parece *O Ano Passado em Marienbad*, diz Amanda, lembro que você assistiu três vezes. Deve ter decorado. Sempre foi boa nisso...

— Conheci teu pai numa matinê dançante do Trianon. Ficava na avenida Paulista, onde hoje é o museu, disse Vivien.

— Chamam isto vão livre: o maior buraco de ar do planeta! Significando nada. Do que muito se ufanam! A expressão derrotada de Xavier se inflamou por trás da chama do isqueiro.

— Xavier foi outro de quem você fez gato e sapato. Morreu em 83 ou 84? — diz Amanda.

Em 1947, pensa Júlia, Álvaro fazia um gênero misto de Humphrey Bogart e Carlos Gardel a fim de parecer mais velho e impor respeito. Terno risca-de-giz de ombreiras largas, gravata branca e camisa preta (Ah, mas era marrom!, exclamou Max, preta seria subestimar tua sensibilidade cromática!) e um laborioso topete conquistado, sabe Deus, a poder de quantas lágrimas, aplicação, suor e brilhantina, além duma foto do Clark Gable como modelo grudada no espelho do banheiro.

Só esse cara tão ingênuo, vaidoso e boêmio, somente ele poderia ter sido fisgado. Não pôde mais esquecê-la: tão parecida com Maureen O'Hara a arremessar-lhe rajadas ruivas de desprezo em pleno rosto, enredando-o em suas *trenzas, seda dulce de sus trenzas, luz y sombra de tu piel y de tu ausencia*; enredando-o no jugo cascateante daquele riso que lhe fugia, obrigando-o a persegui-la por ruas e dias infatigáveis, subindo e descendo de bondes vermelhos, entrando e saindo de bares e confeitarias, *porque encontre tu corazón en una esquina!*.

Esquinas da Bela Vista, os encontros marcados, trocados, troçados, destroçados, tropeçados, até que uma tarde de inverno e sábado e garoa os reuniu no mesmo reservado do bar Viaduto na rua Direita. Ele apoiava o cotovelo de casimira inglesa na toalha xadrez e suas frases se revezavam truncadas, reticentes, educadas como o creme de *chantilly*, os verdes olhos mareados de Álvaro deslizavam pelo curvo cotovelo branco e mergulhavam dentro do creme, crispando seus pensamentos com estilhaços de carne íntima, que bruscamente afugentava, manchado de culpa.

Álvaro distraía-se contando a Vivien sobre um camarada que estivera em Paris antes da guerra, dum cabaré chamado Palermo na rue Clichy, freqüentado quase exclusivamente por sul-americanos e as canções eram *Mi Noche Triste, Aquel Tapado de Armiño, Bien Paga, Muñeca Brava,* mas no rumor indistinto do bar Viaduto espicaçava-o um sapatinho número 33, balançando-se aladamente debaixo da mesa, na penumbra dos olhos semicerrados. Vivien desviava o rosto oferecendo-se ao seu olhar, colocava-se de perfil, mas o sorriso velado de promessas permanecia diante dele (Prova irrefutável de que o amor segue as leis da frontalidade! disse Max, os egípcios, realmente, quatro milênios e as coisas não mudaram nada, meu chapa...), lateralmente fazendo-o pressentir um mundo de neve quente e macia, até que fosse preciso levantar-se desculpando-se, o olhar dela, divertido e irônico, observando-o esgueirar-se por entre os painéis giratórios dos toaletes onde, após um intervalo arquejante, ele acionaria a descarga que levaria o sêmen, precipitando-o nos esgotos sinuosos que rugiam sob a praça do Patriarca, percurso inexorável desta corrida cega, inútil e suicida, simétrica às vagas humanas que, cegas, inúteis e suicidas, atravessavam o viaduto do Chá, arrebentando mais além, nos verdes distantes da praça da República, para nunca mais voltar, o mesmo que retornar e retornar eternamente, tantas quantas foram as válvulas acionadas no banheiro do bar Viaduto em julho de 1947.

Se ele pronunciou o verdadeiro nome do amor, cordão que o enlaçaria firme e definitivamente, resgataria sua dor — mesmo porque já era hora de continuar —, se ele pronunciou o verdadeiro nome do amor, eu nunca saberei, a menos que seus espermatozóides recolhessem todos os rabos de volta à origem, e as válvulas não funcionassem, e o pezinho número 33 não balançasse, inquieto e vermelho, na penumbra sob a mesa e a garoa retornasse a um outro céu noturno, outro inverno, outra cidade, outra vida, e o bar Viaduto cerrasse suas portas e não tornasse a desenredá-las naquele ondular cinza-chumbo de vertical mar Morto, e alguém piscasse distraidamente do lado de fora para a noite, o frio da madrugada, o cisco ocasional, o mês de maio, nada além dum vagar prestes a vomitar em poças de óleo, marés mortas das calçadas, o cigarro amargo refletindo a negra estrela duma cuspida mas ele não fumava e então?

Teria pronunciado o verdadeiro nome do amor porque, em dado momento, ela gemera, quisera livrar-se do abraço mas já era demasiado tarde, o laço fora dado, e sua revolta só serviu para tornar mais profundos o gozo e a dor, o duplo mal-entendido que tinham de superar porque era falso e não sabiam, não podia ser que num abraço, a menos que sim, a menos que tivesse de ser assim.

— Então Vivien precipitou o destino, diz Amanda.

— Quando você fala em destino me dá vontade de sacar a pasta de dentes, ri Júlia. — Precipitou? Digamos que sim, até porque Álvaro era movido a rejeição de acordo com o padrão universal masculino, o desejo está na razão direta da fuga: quanto mais a presa escapa, mais o excita.

Depois de meses duma separação imposta por Vivien, Álvaro, perseguidor encurralado, apresentou-se certa tarde de domingo, cara cheia de coragem, numa janela da rua Santo Antonio com as alianças da rendição. Vendo-o naquele estado, a fúria irlandesa tão em moda, atirou-as no meio da rua, uma rajada ruiva em sua cara e *blam*, porta.

Naquela noite ele adormeceu chorando numa das cadeiras da varanda, ouvindo Rosa mandá-lo embora, longe, cada vez mais longe, as vozes se confundindo, se misturando e mergulhando no travo salgado das derradeiras lágrimas até extinguir-se sob o pesado e espesso manto negro dum sono sem sonhos.

Pela manhã ainda dormia quando Vivien saiu, passando por cima dos seus escombros, vasculhou todos os desvãos dos paralelepípedos: não as encontrou. Naquela mesma tarde, compraram outras e, sete meses depois, estavam casados e, para sempre, *trenzados a mi vivir*.

— Quando quer, você sabe ser romântica, diz Amanda.

— Pior, Amanda, me torno nostálgica, adjetivo aliás muito usado em todos os velhos tangos 78 rotações, diz Júlia.

— Mas seria um elogio... — diz Amanda. — Ora, está bem! Você e Xavier se mereciam, nem sei por que o defendo!

— Essa Karen é belga? Bela loura, aliás, todas elas. É a bruxelas que têm no meio das pernas, comentou Xavier com ar canalha e olhou para Júlia.

— Ele sabia se defender muito bem, Amanda.

— Teu pai? Teu pai, minha filha, me deu tudo, todo o enxoval, o primeiro par de sapatos, cromo alemão, a mim que andava descalça, em liquidação... — dizia Vivien/ E a festa?/ Tudo do bolso dele. Quatorze barris de chope. Duas semanas preparando os doces, os salgadinhos. Minhas cunhadas, pessoalmente,

Teresa, a grande bruxa, até ela se matou. Linda festa.../ E linda briga. Não teve uma porra duma briga?/ Que linguagem é essa, menina?/ Está bem, desculpe/ Não fale assim com sua mãe/ Está bem, está bem, então conte.../ Naquela época, em toda festa tinha uma briga, hoje até isso mudou/ Como mudou?/ As pessoas já não brigam, havia muita bebedeira/ E depois? Não pisaram no teu véu?/ É, mau presságio/ Teu véu em trapos, não ficou?/ Esqueci, já passou/ Mas a senhora vive/ Já disse que passou!/ Tia Marjie disse/ Marjie é tua tia, mas eu sou tua mãe!/ Eu gosto das minhas tias!/ Pois então fique com elas!/ Não!/ Então cale o bico!

Oh, coração doente, sangra, sangra, enterra, que teu punhal ainda é doce, e posto que estraçalhaste o véu de Vivien, tu foste o culpado, o pensamento do tango, a sangria do tempo, o frio das estrelas, o mês de maio, a mortalha rasgando teu peito amante, a grinalda de flores da tua rendição. Mas como poderias adivinhar o futuro por trás dos vidros do bar Viaduto se ele piscava do lado de fora e garoava fininho lá fora?

Capítulo IV

— Me passa outra toalha, pediu Assef.

— Porra, com um caco de garrafa de cerveja, resmungou Max, pescando algo felpudo na gaveta que emergiu numa erupção de fronhas. Movendo-se com o andar vacilante dos bêbados, entregou-a a Assef que soltou um palavrão. Ignorando-o, Max plantou-se junto à cama, sua elevada figura a oscilar perigosamente sobre o corpo de Álvaro, cujas poderosas convulsões provocavam abalos sísmicos no quarto; seu enorme braço musculoso, em torno do qual a nova toalha já se encharcava de sangue, pendia inerte dentro dum balde. Max fez uma careta:

— Podia, ao menos, irmão, ter tido a última dignidade de tentar se matar com meu uísque, diante das circunstâncias eu não teria me importado. Sejamos francos: embora o uso dos teus ternos botasse em risco minha integridade física, sempre que ameaçavas minha cidadela do precioso líquido encontravas o próprio Cérbero pela frente! E respeitou-a até o último minuto. Invejarei tua honestidade até o fim dos meus dias, mas só a alusão à palavra "cerveja" no teu atestado de óbito já me dá calafrios! E pensar que poderíamos ter celebrado um acordo de cavalheiros. Escrúpulos são para plebeus, meu caro, mas é preciso ser um cavalheiro para sensibilizar-se com derradeiras vaidades, tais como envergar casimira inglesa na única oportunidade em que esta é absolutamente prescindível! Max soluçou, tateando o litro de uísque entre os cobertores. Assef fixava-o com piedade hipócrita:

— Cristo! O irmão sangrando feito um porco e você, bêbado como um gambá, vomitando asneiras!

Bebendo um longo gole do gargalo, Max limpou os lábios com as costas das mãos, deixando a garrafa pender frouxamente junto ao corpo, morno farol resistindo à fosca claridade que empalidecia as persianas:

— Será um dia terrível! exclamou Max, retomando o monólogo: — Os deuses me abandonaram porque me tornei Florence Nightmare! Álvaro, irmão, morremos e velamos como homens e pespegam-nos todo o zoológico no último minuto! — piscou para Assef que observava com crescente inquietação o sangue a escorrer no balde:

— Jesus! Ele precisa de um médico!

— Usem isto! Lineu entrou arremessando um lençol, disforme pássaro azul que aterrissou fofamente sobre a cama. — Que médico? O Sílvio? Era só essa que faltava! Engasgou, tossindo, tentando acender o cigarro.

Max mediu-o com prazer antecipado (Como o toureiro Dominguín diante duma vaca, riu Amanda).

— Mas o que há de errado com o nosso querido primo Sílvio? Afinal, representa magnificamente a soberba, só isso. Ele nem tentaria disputar-lhe a avareza, nela você é imbatível. Liris e Laís, por exemplo, detêm fraternalmente a inveja e a gula. Quanto a Assef, mesmo não sendo um dos nossos, mísero plebeu, arrebatou a luxúria (ou terá sido ao contrário?). Herb, lá no seminário, exercita a cobiça, e no que se refere a Álvaro, bem, não há castigo nem prêmio algum para a inocência. De modo que, sem o Sílvio, a família não se completaria na viva encarnação dos sete pecados capitais, pois sempre ficará faltando a preguiça, ou seja, eu, no entanto, quero lembrá-los que meu iminente matrimônio — e o dote de minha amada — permitirão que continue a exercê-la com maior legitimidade...

Lineu divertia-se, esquecido do mau humor, admirando invejosamente o brilhante cinismo do irmão nas piores horas. (O oitavo pecado é a covardia, meu chapa/ Herb disse que Álvaro riscou a palavra medo do dicionário, mas quem acredita em Herb?/ Graças à velha, grande contadora de histórias, virou uma espécie de patrimônio comum/ Em você virou um dom,

Max/ Já papai eram os livros, infelizmente ele só lia, um *hobby* passivo sem possibilidade de incorporação/ Principalmente a inteligência, Liris/ Lá o homem sabe falar, isso sabe, mas quem leva a sério um tagarela bêbado e preguiçoso?/ Todo mundo, meu querido/ Menos você, Lineu, que o inveja porque é feio, burro e sofre do fígado/ Álvaro foi despedido por sua causa, seu merda: irmão judeu!)

— Devia respeitar mais seu irmão, Max, disse Lineu bancando o presbiteriano, sentindo o desprezo do outro: — E dizer o quê para o doutorzinho? Que o galã quis se matar porque a filha nasceu defeituosa? Sílvio adoraria *isso*, soberba, você disse?

— E por um negócio tão besta! Um tal lábio leporino, intrometeu-se Assef: mas digam o nome científico senão, além de tudo, o Sílvio vai pensar que somos burros.

— Não, Assef, você não é burro! a voz de Lineu era um rascar de palha, os olhos apertados fixavam o outro com um ódio minucioso e devastador. — Você é só um turco de merda! Esmagou o cigarro como se quisesse enterrá-lo no assoalho.

— Defeito é defeito, defendeu-se Assef, é falta de braço, mão, perna, não um negocinho insignificante que o médico costura e pronto. Frescuras de quem não tem o que inventar, coisa de rico.

Lineu suspirou. Assef também suspirou. Max aproximou-se do irmão:

— O sangue estancou, mas ele está gelado! Passem aquela manta!

— Por que não me deixam ver minha filha? debatia-se Vivien sob uma montanha de lençóis alvíssimos.

— Quieta, cortou Teresa segurando-a, obrigando-a a acalmar-se, abrindo um pacote de biscoitos, voltando-se para as filhas: — Pois sim! Duas comadres também passaram por isso: põem a moça para dormir e sabe Deus o que fazem! Tive meus filhos com os olhos bem abertos. Em casa. Na cama de minha mãe! Deu um peteleco no braço da poltrona.

— Mamãe, por favor, não é hora... — pediu Laís, vigiando o pálido perfil da cunhada.

— Não é hora do quê?, Liris alçou a fina sobrancelha traçada a lápis (Duas víboras, meu chapa, quem a convenceu que Jezebel era um tesão? Quando era bebê a mãe cobria-lhe o rosto com uma fralda: esta menina tem cara de bunda, Victor, uma serpente no sentido literal, meu velho, porque o veneno que tem na língua não vem do cérebro): — Hora dos biscoitos ou das inconveniências? insistiu Liris acendendo um Macedônia: — Suas comadres, mamãe, uma delas não se chamava Margot? expelindo fumaça pelo nariz, sorrindo com o canto da boca: Impossível esquecer um nome de puta!

Laís enrubesceu violentamente enquanto a mãe, de cenho franzido, ria à socapa.

— Tia Liris era amadora, eu sou profissional, diz Júlia.

— Em que sentido, Júlia? Porque o que ela falava espontaneamente você premedita? Porque provoca acidentes apenas para escrevê-los? Porque assim arranja assunto para a sua literatura? Porque você publica e ela não? As duas me dão nojo, mas você é pior, Júlia, diz Amanda.

— Sim, tudo tende a piorar muito, não foi Thomas Mann que escreveu que a história se repete como farsa? diz Júlia. — Sou, digamos, uma versão infinitamente piorada de tia Liris. Mas, nesse nível, a maledicência deixa de ser defeito e vira dom!

— Então um farmacêutico, para dar uns pontos nisso, sugeriu Assef: sujeito forte, puta merda!

— Como um touro, Max sorriu.

— Me tirou a palavra da boca, admirou-se Assef.

— É que todos não passamos de animais, meu amigo, Max aconchegava a manta em torno do corpo do irmão. Debruçou-se, aproximando o ouvido de sua boca: — Está chamando por ela, o malandro!

— Dom? A cicatriz te deu um álibi, Júlia, diz Amanda, uma espécie de salvo-conduto, uma indulgência plenária para se eximir da vida, para não responder pelos teus atos. Achou que escaparia?

— Que atos, Amanda? Sempre fui manipulada, um fantoche das minhas compulsões e nas mãos de vocês, os espertinhos. Amoral e filha-da-puta, com o selo da sanção divina e sinceros votos de felicidades? protesta Júlia: — Mas a história, quer dizer, o mito se repete, chega a ser tedioso. Porque alguém precisa fazer o servicinho porco: Caim e Abel, Cristo e Judas, Tom e Jerry, 007 e o Satânico dr. No, sempre o velho maniqueísmo, esses caras não têm imaginação...

— Está depondo contra si própria, Júlia, foi a vez de Amanda sorrir: — Eu apenas vivo, não faço ficção, não brinco em serviço.

— Não se agite tanto! Vai acabar perdendo o leite! advertiu Teresa segurando a mãozinha gelada de Vivien, Liris e Laís se entreolhavam:

— Vivien, meu bem, não vá se impressionar, mas o médico...

— Calem a boca! fuzilou Teresa.

— Sabe a diferença entre heróis e vilões, Amanda? diz Júlia.

— Sei, vilões são humanos, heróis não. Estou com o saco cheio da tua humanidade, Júlia!

— Pronto, pronto, meu chapa, sente-se melhor? Quer um trago? Max observava o irmão com afeto.

— Sou uma pessoa absolutamente comum, não precisa me tornar interessante, me deixe fora disso, Júlia!

— No prefácio de *O Idiota*, Dostoievski pergunta o que faz um autor com as pessoas vulgares, absolutamente vulgares? Como colocá-las perante seus leitores e como torná-las interessantes? diz Júlia observando a irmã: é impossível deixá-las fora da ficção, pois as pessoas vulgares são a chave e o ponto essencial na corrente dos assuntos humanos; se as suprimimos, perdemos toda probabilidade de verossimilhança! Deixá-la fora? Impossível, Amanda!

— Vivien... ela está bem? perguntou Álvaro numa voz sumida.

— Ótima! respondeu Max. — Saudável o bastante para te chamar de bêbado irresponsável pelo resto da vida e arrumar tua cama no sofá! Lar, doce lar, puxa vida, onde larguei aquela garrafa?

— E... a menina? Álvaro expressava-se com dificuldade, apertando as pálpebras, não se atrevendo a abrir os olhos (E ler na cara do irmão que a criança vingara, Amanda?/ Não seja melodramática, Júlia!).

A mão de Max deteve-se sobre o frio cilindro ao pé da cama: o tolo, o vaidoso, tão obcecado por ninharias que seus fantasmas se tornaram reais, e o Verbo se fez carne, agora tem algo concreto com que se preocupar, se foder pelo resto da vida, pensa, danar sua alma, e a troco do quê? Estremeceu, como quem arreda uma sombra:

— É uma bela criança: loura, rosada, porra! disse Max, pensou: mas vai sofrer e não pelos motivos que você supõe, grande imbecil. Ou precisamente por eles. Inclinou a garrafa fazendo, dessa vez, baixar sensivelmente seu conteúdo. Segundos depois, recobrava o olhar errático, embriagado: Saúde!

— À puta que os pariu! explodiu Lineu voltando-se tão bruscamente que tropeçou numa cadeira, despedaçando-a. Atrás dele a porta soou como um tiro. Assef ria.

— Por que Álvaro não vem? Onde está meu marido? Vivien debatia-se num cipoal de dedos e braços. Alguém apertava convulsivamente o botão da campainha. Súbito, a porta se abriu e uma touca engomada entrou com um embrulhinho cor-de-rosa nos braços:

— Era eu, diz Júlia, me pergunto até que ponto o espírito assassino da Virago não renasceu em tia Liris...

— Sem dúvida! Mas com você a Virago atingiu o esplendor!

Caim

O que mais doeu em Álvaro não foi a consumação da desgraça (a confirmação das nossas crenças é o que nos faz crer divinos), a visão do estigma familiar, o estigma da sua maldição (e a única pista duma identidade perdida) ter atingido a deformação, se reproduzido de forma inominável para ser apenas cruel, a rejeição suprema do ser humano perpetuada através duma descendência mutilada (porque frutos iníquos não produz o Criador que não se reconhece em Sua Insansatez e Sua Loucura); vergonha e culpa pela malograda tentativa de suicídio, porque só ele soube o quanto quis morrer e, num andar inferior, matar a menina, morrer para não se tornar seu assassino, pois a vida é tudo quanto tem o assassino para resgatar seu crime, mas não um suicida, que a perde espontaneamente, perdendo assim o valor do resgate, então, se crime existiu, o castigo foi ficar vivo.

Porque o que mais doeu em Álvaro não foi a consumação da desgraça, mas o fato de perceber que não havia desgraça alguma (A diferença entre frescura e defeito, Amanda, diz Júlia), *que abocanhara aquele naco de dor sem ser preciso, uma apropriação indébita, porque dor ou prazer e tudo o mais que constitui o destino de um homem, é preciso merecê-lo. Álvaro, o mais honesto dos homens, ousara roubar aos deuses uma dor que não era a sua, não lhe pertencia, não tinha o carimbo com o seu nome, não era a sua sentença, mas se tornou sua condenação* (As desgraças imaginárias precedem as reais, eis a retórica da sobrevivência, diz Júlia). *Sim, a condenação. Ele mesmo a proclamou, invocando as forças do desígnio que então o puniu, pois, se pecado existiu, o castigo foi continuar vivo. De forma que ele, o criador e destruidor dum fruto iníquo, foi condenado a amar a projeção no tempo e no espaço da sua abominação, a encarnação da sua alma deformada.*

Mas a memória está abaixo dos pensamentos, desejos e atos humanos e a memória engendrou Caim. Não Júlia, não a primeira filha de Álvaro e Vivien, mas a quinta bisneta de Maximilian Hehl, o turvo Maximilian, o bisavô sem face e sem memória, nascido em Berlim, morto e enterrado há noventa anos, cujo espírito irreconciliável, preso ao limbo duma terra hostil, ao eco dum sonoro nome derrotado, aguardava para fazê-la herdeira da sua, sua alma furiosa. Por isso o Senhor a marcou com um sinal na face. Para que ninguém a matasse. Para que vagasse.

Assim, dessa maneira tão suave e poética, que é a retórica da sobrevivência, a pequena Júlia pôde crescer, andar, respirar, ocupar seu buraco de ar, repisar os passos dum destino já previsto. Porque esta Júlia, nascida a 23 de maio, de tez branca, olhos castanhos, cabelos louros, filha do sr. e sra. Fulano de Tal, com registro e foto na revista do tio Max, esta realmente não existia.

* * *

Nos meses subseqüentes Álvaro mergulhou suas dores no álcool e na inconsciência (O pecado é a inconsciência, Amanda.), pois o que mais doeu nele, segundo acreditou e deu fé, esquecendo o resto, foi a repulsa de Vivien, a fuga aos seus abraços, frustrando-lhe a cega obstinação de tentar outro filho.

Sua mulher enrijecera. Cada vez que a tocava ela se recolhia nalgum limite de si que ele desconhecia. Teria sido pela menina?(e não podia odiá-la.) Mas como, se todo o amor de Vivien agora era para a filha? (e não podia odiá-la.) E o amor de Álvaro nunca foi tão grande por Vivien, porquanto virgem inacessível e mãe de filho algum. Por esta se humilhava, beijava-lhe os pés, os cabelos, as coxas frias, tensas, suplicava, envolvendo-a com presentes e promessas, como um louco ou um tolo, por quê? por quê? Até que, certa noite, ela cedeu, misturando humores e lágrimas. Nove meses depois Vivien quase morreria ao dar à luz uma criança magrinha, nervosa, birrenta e perfeita — Amanda, a filha do perdão.

— Então você nasceu, então nós crescemos, e o resto você já sabe, diz Júlia.

— Sei? Tenho a minha versão, o lado B, diz Amanda.

— Mas uma moeda precisa de ambos, verso e reverso, Amanda, diz Júlia.

Capítulo V

— Mulher e com defeito de fabricação! Deus o castigou, quem mandou ser tão vaidoso? disse Liris.
— Ainda acho que aí tem dedo da tal cigana. Não viu como ficou cego de amores por ela? Jamais engoli essa criatura. Tenho-a aqui! disse Teresa.
— Não a engole porque são farinha do mesmo saco, meu chapa, disse Max. — Casando-se com Vivien, substituiu a mãe com vantagens! Por isso se fodeu!
— Desligue esse telefone, gritou Álvaro.
— Vaidoso e bruto, queixou-se Liris. — Lembra quando atirou o prato de macarrão na minha cara?
— Vai desligar ou não vai? ameaçou Álvaro levantando-se.
— Você puxou seu pai, ele também odiava discussões na hora da mesa, disse Teresa.
— Vou te indicar meu psicanalista, Júlia, bobagem continuar se atormentando, conhece Casális? disse Xavier.
— Expectativas demais, Júlia, o ônus da primogenitura, disse Casális.

— Então acha que os sujeitos que escreveram o Antigo Testamento estavam apenas fazendo ficção, Amanda? diz Júlia.

— Que a mulher é impura, que não deve pregar, disse Xavier, que seu desejo será para seu marido, que o homem é mau, mas a mulher é perversa, que não tem primogenitura: não pensa, não fala, não existe. E o mundo acreditou neles por dois mil anos. Ainda acredita.

— Inventaram também a culpa, Xavier, não é ela que move o mundo? disse Amanda.

— Expectativas, frustração, ódio assassino, repressão, ergo culpa, disse Casális levantando-se, por hoje é só, Júlia, continuamos na próxima sessão.

— Xavier, Casális, Raul Kreisker, todos mortos: uma verdadeira queima de arquivo, Amanda, diz Júlia.

— Tenho ótimas notícias, d. Amanda! anunciou Borelli. — Pode ficar tranqüila quanto ao bebê, a anoma, er, o problema da sua irmã não é hereditário!

— Usou essa palavra deslumbrante, Amanda? Tem certeza? Ou você também deu pra fazer ficção? disse Júlia.

— Por pouco, Júlia, Borelli é um perfeito idiota, disse Amanda.

— Graças aos arquivos do dr. Raul Kreisker, disse Borelli. — Depois da sua morte ficaram com seu assistente, o dr. Francisco Matoso. Ele cedeu-me as primeiras radiografias, guardadas há trinta e oito anos, imagine. Na verdade, não configuram um caso clássico de lagoquilia, Matoso não arriscou nenhuma teoria, mas não descarta a hipótese do problema ter ocorrido durante a gestação, quer por deficiência placentária quer por mutação genética, mas nesse campo ainda estamos no escuro. Se a natureza tem segredos, cabe à ciência desvendá-los...

— Não tem segredos, apenas mistérios, Borelli, disse Matoso. A propósito, Kreisker tinha uma teoria.

— Muito aliviada, dr. Borelli, disse Amanda, aliás, minha irmã tem uma teoria.

— Sim? Borelli ergueu a sobrancelha: sua irmã estuda medicina?

— Por que não disse que eu era veterinária? disse Júlia.

— A cara que ele fez é indescritível! riu Amanda.

— Muito engenhosa, disse Borelli, sua irmã tem imaginação, afinal é escritora. Todavia, a hipótese não tem fundamentação científica, a teologia...

— O que o senhor tem contra a teologia? volveu Matoso num súbito lampejo irônico.

— E a cara que faria se soubesse o que você pensa dele! disse Júlia.

— No entanto, sinto que não disse tudo, ficou algo no ar. Borelli não me convenceu, Júlia! disse Amanda.

— Bom, então só pode ser isso: Borelli leu o relatório de Raul Kreisker, disse Júlia, se é que se pode chamar aquilo de relatório.

— Então já sabia, Júlia? surpreendeu-se Amanda.

— Você não vai acreditar, Júlia, disse Xavier, estive ontem com Kreisker e este mostrou-me suas anotações, constam como relatórios clínicos, mas são literatura, minha querida.

— Mandei um pombo-correio, Amanda, disse Júlia.

— Quer dizer que sabia e ficou quieta? Quer dizer que a sua teoria não só não é original como nem é sua? disse Amanda.

— A verdade científica não exclui a verdade metafísica, disse Matoso. — Temos uma física da alma, mas não podemos observá-la de um ponto arquimédico externo. Objetivamente nada sabemos a seu respeito, pois tudo o que sabemos dela é ela própria, a alma.

— Se prefere colocar a questão dessa forma, perfeito, mas por outro lado..., Borelli hesitou.

— Por outro lado, atalhou Matoso, a alma é a *conditio sine qua non* da realidade subjetiva do mundo. A que, ou a quem o senhor atribuiria a criação dos símbolos cuja base são os arquétipos? E estes possuem autonomia para engendrar formas. Ou deformá-las, como parece o caso...

— Porque você não acreditaria, Amanda, nem em mim, nem em Xavier, nem em Kreisker, tão pouco ortodoxo, disse Júlia.

— Eu tinha certeza de que você não acreditaria, Júlia, disse Xavier, está ocupada demais em ser eterna. Guarde esse relatório. Quando for o momento, você compreenderá. Aquele sujeito, Kreisker, é um personagem trágico, como se tivesse uma espada invisível sobre a cabeça. Não, não estou bêbado, também tenho a minha.

— Quer ser escritora? ironizou Casális, foda-se, o problema é seu, depois não diga que não avisei. Mas você não deu a mínima, Júlia.

— Tentarei explicar, disse Xavier. — Em todos os tempos, em todas as formas de arte sempre houve isto: ou o escritor se colocou em sua própria perspectiva — que é única — ou na perspectiva de Deus — que é nenhuma. Kreisker escolheu a primeira possibilidade, sacrificando a impessoalidade de um relatório à magia da arte. Podia ter sido escritor.

— Nem literatura, nem idealismo, disse Kreisker. — Interessa-me o destino do ser humano, Xavier, este ponto infinitesimal no qual até Deus procura sua meta. Engraçado, você é a primeira pessoa a quem digo isso e não ri, deve ser minha cara de erudito.

— Casális estava certo, disse Júlia, nem poder, nem glória, nem orgulho, nem dignidade, nem amor: apenas um dom e um chicote.

— E um bruxo por padrinho, disse Amanda olhando o texto de Kreisker. — Tem razão, parece poesia, pobre Borelli...

(do relatório do dr. Raul Kreisker)

Hehl, Júlia

Nasceu entre sete e trinta e oito horas da manhã de ontem, 23 de maio. Às nove recebo um chamado do hospital, era Akerman, ex-colega dos tempos de universidade. Nossas carreiras tomaram rumos diferentes, ele tornou-se obstetra, recordei um jovem de olhar compassivo e gestos suaves. Atendi seu pedido. Lagoquilia, criança recém-nascida, sexo feminino.

Seria um típico dia de outono cheio de vento, invisíveis massas de ar sob o azul cruel, gelado, profundo, aquele azul mitológico que não é feito de cor, que é feito de dor e ameaças, um maligno azul rascante; senti-me oprimido por este frio azul cristalino que parecia duplicar o oceano: quem Netuno viera buscar?

Fora um parto normal, mas penoso para mãe e filha, doze horas de agonia. Era uma mulher jovem, engolfada em sedativos. Bacia estreita, ausência de dilatação, mas Akerman não forçou a coisa. Tem pulso firme e exerce a profissão como um sacerdócio: dar a vida. Uma felicidade para ambas, num caso assim qualquer outro teria sacrificado a criança. Em relação à deficiência clínico-patológica, Akerman estranhou a manifestação atenuada do lábio leporino, a ocorrência restrita à fissura congênita. Pensei: lamentar o quê? Porque não foi pior ou porque foi estúpido? [...]

[...] Por que volto a pensar na pequena Júlia? Havia uma parente no quarto, tia talvez, lembrou-me essas beatas visionárias: vestido preto, rosto redondo e lustroso de camponesa, a mantilha de renda escura filtrando-lhe o olhar fanático. "Esta menina nasceu com uma estrela na testa!", anunciou-me quando entrei. Estávamos sós, deve ter me confundido com Akerman, ou sequer me viu, um anjo havia passado e ela captou e transmitiu a mensagem, então voltou a sentar-se, desfiando as contas do rosário, alheia à minha presença. De forma que é isso: um enigma angélico...

[...] Voltei ao hospital no fim da tarde. Observar a criança, tirar radiografias e falar com Akerman. Previsivelmente estranhou quando mencionei o horário de nascimento dos pais. Fazendo cara de erudito (essa cara que tanto me diverte no espelho, ainda bem que não havia nenhum por perto), aludi ao caráter minucioso da pesquisa biogenética, soltei três ou quatro latinismos e ele, desconcertado, acabou desculpando-se, retirando a hipótese de deficiência placentária. Na saída, apertou minha mão com fervor (não seria louvor?) Gaia ciência...

[...] A culpa move o mundo, donde que esta criança crescerá cercada de desvelos, inclusive dispensáveis, e o problema começa aí. Akerman costurou a fissura sem tocar a camada interna, deixando intactos os terminais nervosos de maneira que, daqui a uns dez ou doze anos, o próximo cirurgião terá apenas que pinçar as ligaduras. Externamente, restou o cordãozinho avermelhado e assimétrico a repuxar levemente o lábio, desaparecendo na cavidade da narina direita, mais larga que a outra, a perfeita, aquela que a natureza urdiu em paz em seu curso inexorável no crepúsculo do ventre...

[...] Acabo de encontrar o meu prestativo Akerman: o problema da criança não parece ser hereditário, hipótese descartada, interrogou os familiares como eu havia sugerido (tem certeza que é correto, Kreisker, que é ético?). Parece investigação policial, seu olhar preocupado, minha cara de erudito etc. Estaca zero. Eu e meu enigma angélico...

[...] Estava pensando na lenda mosaica dos filhos de Adão, no primogênito marcado por um sinal. Sandy, um teólogo francês, menciona que o capítulo III do Gênesis termina no momento em que o primeiro casal deixa o paraíso e vai viver numa terra a leste do Éden. Ano provável: 6.690 a.C., início da Era Zodiacal de Gêmeos. As escritas cuneiforme e hieroglífica datam dessa época, associada mitologicamente a Castor e Pólux, filhos de Nêmesis e Zeus. No simbolismo psicológico, traduz o conflito corpo e alma, representado por Caim e Abel...

[...] Por que a obsessão em associar essa criança do sexo feminino, portadora duma cicatriz, ao mito de Caim?

Então ocorreu-me o poema de Byron, *Heaven and Earth,* sobre as filhas de Caim, as tais que, por seduzirem os anjos, provocam o Dilúvio, texto inspirado por uma passagem do Gênesis que diz *"vendo os filhos de Deus que as filhas dos homens eram formosas, tomaram para suas mulheres as que, dentre todas, lhes agradaram"*, ao qual o autor acrescenta um verso da tradição anglo-saxã, *"and woman wailing for her demon lover"*, de Coleridge.

Jung utiliza essa obra para interpretar outra, *O Canto da Mariposa*, de uma paciente, traçando um paralelo entre as aspirações do inseto e da jovem por astros e anjos. Segundo o texto, os anjos Samiaza e Azaziel apaixonam-se pecaminosamente pelas belas filhas de Caim, Ana e Aolibama, e revoltam-se contra Deus como outrora Lúcifer, rompendo a barreira erguida entre mortais e imortais. Jung argumenta que o poder do bom e do sensato, que regem o mundo por meio de sábios regulamentos, foi ameaçado pelo elementar e caótico poder da paixão, razão pela qual a paixão deve ser exterminada, o que quer dizer que a geração de Caim e todo o mundo pecaminoso devem ser destruídos radicalmente pelo dilúvio.

No entanto, como força transcendente da consciência, a paixão se presta tanto ao bom Deus como ao Diabo; portanto, se o mal pudesse ser destruído, o "divino" ou "demoníaco" sofreria uma perda grave: seria uma amputação no corpo da divindade, algo que se manifesta no lamento do arcanjo Rafael sobre os dois anjos rebeldes: *"Por que este mundo não pode ser criado nem destruído/ Sem causar um vazio tão imenso nas fileiras imortais?"*

Colateralmente, observa-se que, por esta razão, até hoje as mulheres cobrem-se com véus no interior das igrejas, evitando renovar a sedução angélica. Ao que eu acrescentaria: bem como ocultar as cicatrizes de serem filhas de Caim.

[...] Há um padrão nessa criança: os temas da sua natividade e essa fissura congênita, que redundará numa cicatriz indelével superposta ao arco de cupido, constituem uma advertência, um propósito a ser cumprido, um destino inexorável, um roteiro preestabelecido, uma missão ou vocação talvez porque — a julgar pelos planetas na casa doze, domicílio de Netuno e anfiteatro do Drama Cósmico — a colocação de seus temas pessoais na morada dos universais leva a crer que os deuses a terão sob custódia até completar a tal remissão de pecados e faltas passadas e alheias, e também de decifração — a criaturinha é tão mercurial! —, essa hermenêutica acorrentada à cruz duma tarefa a ser realizada previamente para só então obter o direito de ir tratar da própria vida, tornando-se assim responsável por seu segundo nascimento, um glorioso renascimento do qual será a única autora e criadora em razão de ter resgatado da primeira à última letra da lei devida aos deuses...

[...] Recapitulando: quem olha as estrelas também vê a ponta das próprias pestanas, sem contar que meu enigma angélico está sob influência de Mercúrio. O cinza é sua cor, a uniformidade edificante desta cor na qual a violência do branco e a aniquilação do preto se fundem no cinza-pérola, só para mencionar uma de suas nuances. Presa na armadilha dos deuses cruéis, ávidos por um emissário, anjo vingador ou anjo caído ou pássaro ferido, pobre anjo: danará sua alma ainda que a mensagem não tenha destinatário, ainda que seja o próprio remetente, fato que a pequena Júlia descobrirá um pouco tardiamente. Por ora, apenas pia. Por piedade ou contemplação, sem saber que não precisa de nenhuma, e quando descobrir isto também será tarde (tarde para quê, para quem, meu Deus?).

R Kreisker

— Do que está rindo? diz Amanda.
— Da minha cara de erudita, diz Júlia.

Vivien tagarelava aliviada: que quase me deixam louca, que tanto drama por um sinalzinho à toa, que minha filha é linda, que podia ter perdido o leite. Afinal, o que é uma cicatriz para quem conheceu a miséria, a fome, a injustiça? Pensa: os horrores piores. Que destroem a sensibilidade, embora o corpo pareça intacto; a alma se asfixia debaixo da crosta enrijecida por gerações de esperanças soterradas. Com a maternidade, o tesouro oculto da sua juventude novamente aflorou, despertando do longo sono entorpecido, refulgindo num esplendor satânico: não tivera passado, tudo a cobrar do futuro, que, aliás, estava sendo pago agora. No vil metal do amor falseado pela culpa? Mesmo sem ter tido nenhuma, melhor do que ninguém, Vivien sabia avaliar a legitimidade da moeda sonante da culpa que, como o ouro, é tudo quanto o homem precisa para manter azeitadas as engrenagens do mundo.

Vivien inconscientemente respaldava-se no Antigo Testamento e dois milênios de civilização: dinheiro falso? A moeda de Caim? E o mundo conhece outra? Olho por olho. Sim, o velho mundo pagaria.

Dente por dente. E Vivien estava feliz, investida pelos sagrados deveres maternos. Tantas atenções e gentilezas insuflavam seu orgulho, tolos, deve ter sentido, pensado, era doce a vingança, lido em algum livro. Com ares de grande dama, agora infundia admiração, infundia temor e respeito. Em torno da sua cabeça cintilava a casta auréola da Mater Dolorosa. Tivera um parto difícil, uma prolongada agonia de doze horas em razão da bacia estreita e do tamanho da criança. Todavia culpou o marido, transferindo todo o afeto para a menina (de resto, quem lhe rendia os juros reais e dividendos da moeda sonante da culpa), atitude aceita por todos de-comum-acordo-em-vista-das-circunstâncias.

Lineu, na condição de irmão mais velho e já casado, foi designado padrinho, algo que encarou como uma excelente oportunidade de "dar uma facada na velha", segundo comentou piscando velhacamente, referindo-se ao dinheiro para a tigela de prata, presente de batismo. Avaro com a família pois perdulário com as amantes, seu maldito vício conforme Teresa, vivia quebrado. Mas dessa vez a mãe não o atormentou e deu bem mais do que ele podia esperar, tanto que sobrou para uma farra memorável com a Diva, a atual favorita, num fim de semana em Santos.

Liris e Laís vararam madrugadas tecendo um enxoval primorosamente monografado. Herb, ainda um garoto recém-saído do seminário, comprou a maior boneca que pôde encontrar nas vitrines da Barão de Itapetininga. Marjorie, Jane e Nani encheram-na de chocalhos e chupetas e, munidas de *Cinelândias* e *Revistas do Rádio* ofereceram-se como babás porque, afinal, Vivien precisava se distrair e elas realmente não se importariam de perder duas ou três matinês do cine Metro. Max, sócio majoritário e repórter de *Paulicéia em Revista*, especializada em notas sociais, variedades, mexericos, chicanas e obituários, extinta em 1955, encorujou nota na coluna social com foto e legenda em negrito: "Nasceu o primeiro rebento do sr. e sra. Fulano de Tal, a linda Júlia etc."

— Encare a realidade, meu chapa, disse Max e soltou uma gargalhada. — Não é possível acreditar que ser repórter duma revista fajuta seja a realidade, porque nesse caso alguém deve estar brincando... Quer dizer que tua mulher te evita, que Liris te olha com pouco-caso, que Herb faz cara de gozação? Não era isso que você queria, masoquista de merda? calou-se acendendo um cigarro, olhando, através das portas envidraçadas do bar Viaduto, as garotas na saída no expediente.

— Um sujeito que se imaginava tão insinuante quanto Clark Gable que sombra projetaria? No mínimo, a do Corcunda de Notre-Dame, diz Júlia.

— Quer dizer que está preocupado porque a filha já fez seis anos e precisa metê-la na escola? Quer dizer que as outras caçoam, riem dela? Você, o popular bicudinho? disse Max.

— E você também capitalizou um bocado, Júlia, diz Amanda. — É especialista em ter pena de si própria.

— Assef tem razão, você só diz asneiras, disse Álvaro estalando os dedos: dois conhaques, Mosquera, conhece meu mano? É jornalista, trate-o bem.

— Não se faça de idiota, disse Max, diga logo que não quer tocar no assunto e não se fala mais nisso, mas não me subestime, deixe o pobre Assef e o resto do bestiário doméstico fora disso.

— Agora deu de se embriagar toda noite! queixou-se Vivien.

— Ainda bem que não me casei e nem vou me casar, disse Nani revirando os olhos para o céu: bem feito, Vivien, azar seu, Vivien.

— Te escuto por respeito à memória de papai, senão te partia a cara! disse Álvaro.

— Me escuta porque tem medo de mim, meu velho, disse Max fitando o irmão com piedosa ironia.

— Medo, eu? Medo? Risquei essa palavra do dicionário! disse Álvaro.

— É mesmo? E tirou isso de onde? Do tesouro nacional dos chavões de boteco? bocejou Max olhando as horas.

— Seu irmão está completamente mudado. Agora vive trancado na biblioteca do velho, lendo, às vezes eu o escuto chorar. Matou o pai, agora quer trazê-lo de volta, o meu Victor, suspirou Teresa.

— Tenha medo, Max fixou o irmão, você não pode evitar isso. Mas não se apavore. Ninguém irá feri-lo, a menos que você o encurrale ou deixe perceber que está assustado. Porque o animal ou o homem valente só deve temer o covarde.

— Herdou isso e aquilo, herdou a alma do bisavô, que mais, Júlia? diz Amanda. — E eu herdei o quê?

— Não herdei a alma do bisavô, Amanda, não a de Maximilian Hehl, o titular das tais quatro letras ocas; se herdei alguma coisa foi a necessidade de vingá-lo, resgatar sua memória que a bisavó, Ana Duarte Sá, a Virago, enterrou sete palmos abaixo do esquecimento quando enterrou no galpão, logo após a morte dele, as ferramentas, os livros, os documentos, até a capa de oleado que o abrigou no convés do cargueiro desde o porto de Dantzig. Até porque, durante três gerações, não foi o espírito dela, sua alma ultrajada que prevaleceu nesta família?

— Deixe-o tocar, mãe, ele se cansa e vai embora. Através da persiana Júlia olhava o vulto oscilando no portão sob a garoa.

— Tenho pena dele, vai morrer de frio aí fora, o olhar de Vivien crepitava numa espécie de desespero hesitante.

— Mas não foi você mesma que..., Júlia voltou-se para a mãe.

— Eu sei, eu sei, Vivien sacudiu a cabeça: — Veja, está indo embora. Pronto, está contente agora? O olhar rasgava a vidraça, a noite, meu peito, os cacos, a dor. Pronto, eu o matei, pronto, acabou-se, pensou: adeus, papai, adeus, Álvaro.

— Vagou pelas ruas até que Marta o acolheu, disse Vivien, sua irmã devia estar maluca, Amanda.

— Impossível viver com uma mulher que há quinze anos me expulsa da cama! queixou-se Álvaro.

— Nunca duvidei que o velho soubesse se virar, disse Amanda, apenas não precisava expulsá-lo de casa!

— Era eu ou ele! defendeu-se Júlia: mentira, Amanda!

— Por culpa de vocês! Vocês me obrigaram a separar-me do seu pai! acusou Vivien.

— Mas agora que me casei, a obrigação é sua, Júlia, diz Amanda.

— Não vou lhe pedir um tostão! Tenho minhas filhas! gritou Vivien.

— Pelo sim, pelo não, cuide de sua mãe, sua irmã agora tem outra família, disse Álvaro.

— Sei! Você e papai sempre tiraram o corpo fora! Então sobrou para mim, Amanda, disse Júlia.

— Não, esta família nunca me pertenceu, nunca tive nada, Júlia, você sempre foi dona de tudo, de tudo, disse Amanda.

— E depois as desculpas metafísicas são minhas, pois sim, disse Júlia.

— Parece maldição! gemeu Vivien.

— Maldição? Sim, Max a trouxe consigo no cargueiro, mas esta paixão proibida continha em si as sementes da própria destruição, porque o corpo ele próprio destruíra o corpo do desejo no corpo de sua geração de filhos incestuosos e dos netos natimortos, produtos do incesto, de forma que se o corpo já estava condenado ainda era possível destruir sua alma, sua memória, relegá-la ao esquecimento, não foi este o crime da Virago? diz Júlia observando a irmã: — O que foi? Já está na hora?

— Não, ainda não, mas continua, assim você me distrai, diz Amanda, o rosto contraído.

— Nessa família o princípio masculino foi sistematicamente assassinado por três gerações, Amanda, diz Júlia. — Se para a geração de Caim o poder das paixões aniquilou a razão, a paixão pecaminosa de suas filhas pelos anjos rompeu a barreira entre deuses e homens e acarretou a ruína de ambos. Aqui, por três gerações, o princípio feminino predominou sobre o masculino e isto é *hubrys*, o pecado contra os deuses, ou seja, a natureza não perdoa a orientação unilateral da consciência...

— Porque não se trata do assassinato de um único indivíduo, concorda Amanda, mas dum princípio que é um bem comum, um direito e patrimônio coletivo, em suma, um arquétipo, um deus, que não pode ser criado, nem destruído...

— Mas pode ser esquecido, Amanda, por isso esse estado de coisas precisa ser corrigido. A moeda de Caim é a vingança que se repete cegamente, olho por olho, dente por dente, enquanto permanecer inconsciente. Começou com o ciúme e o ultraje de Ana Duarte diante da paixão incestuosa do marido pela irmã, por isso destruiu sua memória. Mas seus filhos, inocentes, inconscientes do perigo, repetiram o padrão paterno. Casaram-se com as primas irmãs e ficaram sem descendência ao gerarem os tais bebês deformados com olhos de coelho. Dos irmãos apenas vovô escapou ao se casar com Teresa, que assim assegurou sua descendência mas não se livrou do mal. Quer dizer, ele obteve apenas um armistício, digamos uma trégua, porque a tara de sangue, a herança involuntária do pai que não pôde amar, e suas conseqüências, o crime da Virago, da mãe que não pôde odiar, e tudo o mais, todo o bem e todo mal que era seu passado, sua história, sua herança da qual abriu mão porque foi obrigado a esquecer, tudo isso continuou latente, continuou inconsciente sugando-lhe a energia vital, solapando sua virilidade qual um buraco negro: afinal Teresa, malgrado suas boas intenções, não castrou psiquicamente todos os filhos?

— E serviu-se de tia Liris, uma espécie de Virago de segundo grau, uma Jezebel de teatro de revista, diz Amanda. — É verdade. Se nos confins do século dezenove o drama familiar confina com o mito, no vinte ele se psicologiza. Mas então essa cicatriz — que não é anomalia nem hereditária, mas resultado dum acidente deplorável — fez de você, como pressentiu Raul Kreisker, o que chamamos "paciente identificado", ou seja, alguém com uma missão inadiável, irrecusável e alheia, a ser cumprida como precondição de poder liberar-se para ir cuidar da própria vida. Uma maneira um tanto estúpida dos deuses te lembrarem que você tinha algo a fazer. O que seria, Júlia?

— Contar a história, Amanda, não qualquer história, mas a nossa história, percebe? Nessas longas horas, desde a noite passada, que outra coisa fizemos senão resgatar nossa memória? Porque todas as tragédias, todos os crimes, todo o pecado e toda glória já aconteceram, tornaram-se retrospectivos, mas estamos aqui a recontá-los, atualizá-los, tomar posse deles, sentir-lhes a presença, aqui, agora, esta noite, é nossa herança, Amanda, herança desse menino que vai nascer daqui a algumas horas, herança que é todo o bem e todo o mal de que será credor, se é que nos resta ainda alguma coisa a liquidar. Não importa, ele saberá, porque agora ele *sabe*. E, uma vez que já não terá nosso sobrenome, a maldição acaba aqui. Porque a maldição era o esquecimento, Amanda, Caim era o assassinato da memória, mas Caim também é esta cicatriz, a lembrança desse crime e a necessidade de redimi-lo.

— As dores, Júlia, estão vindo, está na hora, diz Amanda curvando-se subitamente, apoiando-se na irmã, tateando a valise.

— Sim, já está amanhecendo, vamos, diz Júlia.

Este livro foi composto na tipologia Arrus
BT, em corpo 11/16, e impresso em papel off-
white 90g/m², no Sistema Cameron da Divisão
Gráfica da Distribuidora Record.

Seja um Leitor Preferencial Record
e receba informações sobre nossos lançamentos.
Escreva para
RP Record
Caixa Postal 23.052
Rio de Janeiro, RJ – CEP 20922-970
dando seu nome e endereço
e tenha acesso a nossas ofertas especiais.

Válido somente no Brasil.

Ou visite a nossa *home page*:
http://www.record.com.br